你好，我是助产士

陈　云　胡　静　陈贝双　主编

SPM
南方传媒 ｜ 广东科技出版社
全国优秀出版社

· 广　州 ·

图书在版编目（CIP）数据

你好，我是助产士 / 陈云，胡静，陈贝双主编.
广州：广东科技出版社，2024. 12. -- ISBN 978-7-5359
-8368-8

Ⅰ．R717

中国国家版本馆 CIP 数据核字第 2024JY4721 号

你好，我是助产士
Nihao,Wo Shi Zhuchanshi

出 版 人：严奉强

责任编辑：黎青青　贾亦非

装帧设计：友间文化

责任校对：杨　乐

责任印制：彭海波

出版发行：广东科技出版社

　　　　　（广州市环市东路水荫路11号　邮政编码：510075）

销售热线：020-37607413

https://www.gdstp.com.cn

E-mail：gdkjbw@nfcb.com.cn

经　　销：广东新华发行集团股份有限公司

印　　刷：广州一龙印刷有限公司

　　　　　（广州市增城区新塘镇荔新九路43号千亿产业园）

规　　格：889 mm×1 194 mm　1/32　印张6.875　字数160千

版　　次：2024年12月第1版
　　　　　2024年12月第1次印刷

定　　价：58.00元

编　委　会

序　一

　　在医学的广阔天地里，每一个专科都肩负着自己独特的使命和责任。有这样一群人，她们既是生命的见证者，也是守护者。她们的双手，既温柔又坚定，承载着希望和温情。她们是助产士，是最初迎接新生命的使者，用专业和爱心迎接新生命的到来。"你好，我是助产士"是一声温暖的问候，更蕴含着对这个职业深深的敬意。

　　广州医科大学附属第三医院（简称广医三院）的妇产科，由著名妇产科专家梁毅文博士和老一辈专家们共同创立，是我国最早的妇产科临床医疗、教学基地之一。1998年，广医三院又在产科的基础上成立了广州市重症孕产妇救治中心，其以诊治妊娠期复杂、疑难、危重病为重点，是集医疗、科研、教学于一体的现代医学专科。广医三院的助产士们以其卓越的接生技术和专业水平，为母婴安全保驾护航，在危重症孕产妇救治中始终保持冷静、果断和敏锐。她们为每一位孕产妇提供全方位的照护，不仅关注母婴的生理健康，更重视其心理需求。助产士们通过温柔的话语和贴心的关怀，给予孕产妇心理上的支持和安慰，努力营造一个温馨、舒适、安全的分娩环境，让孕产妇在分娩过程中感受到温暖和力量。

通过阅读本书，读者可以更深入地了解助产士的日常工作，学习分娩的相关专业知识，从而帮助更多的孕产妇和家庭达到"快乐妊娠，安全分娩"的目的。

最后，我想再次向助产士们表达深深的敬意和感激。你们不仅是医疗团队中不可或缺的一员，更是母婴健康的守护者、新生命的引路人。虽然助产士的工作繁重且辛苦，但你们始终保持着对生命的敬畏和热爱，用自己的行动诠释着"医者仁心"的真谛。

主任护师，硕士研究生导师，教授

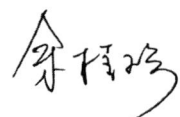

序 二

孕育新生命是人类社会发展的基础，也是每个家庭的希望和期盼。守护母婴的健康与安全是医护人员肩负的神圣使命。

产房为产科的核心科室，助产士则是其中不可或缺的部分，作为孕产妇的主要照护者和接生者，其专业技术也在不断地提升。

助产士致力于"促进自然分娩、降低剖宫产率"，运用现代医学模式，从生理、心理、社会等多个层面为孕产妇及其家庭成员提供全方位的帮助和指导。

分娩是一个充满变数的、动态的神经内分泌调节过程，同时也是产妇心理和精神状态转变的重要时期。精神因素对自然分娩有着重要的影响。本书不仅呈现了助产士的专业技术，更融入了情感和人文关怀，让产房充满医学的温度！

阅读这本书，您将被带入一个充满爱与勇气的世界。您将看到助产士与孕产妇之间建立的深厚信任关系。她们总在关键时刻给予孕产妇最及时、最有效的帮助。在繁忙的工作中，她们始终保持平和、积极的心态。这些真实的故事和感人的瞬间，将让您感受到助产士这一职业的伟大和崇高，体会到助产士独特的职业魅力。

　　助产士是一个特殊的群体，她们既负责护理工作，也承担着接生的重任。她们不仅是医疗工作者，更是爱的传递者，用自己的爱心和耐心，为母婴提供高质量的医疗技术和服务。她们为保障母婴健康与安全所作的不懈努力，值得赞扬和尊敬！

主任护师，硕士研究生导师，教授

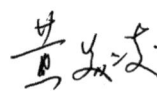

　　在产房，我经常遇到宫口只开1厘米，甚至宫口还未开的产妇因疼痛而大声呻吟，表情极度痛苦。这让我意识到，尽管产前检查备受重视，但分娩过程中的心理健康却常被忽视。

　　作为产房的助产士，我见过形形色色的产妇，也亲身经历过自然分娩。我深知，那些宫口未开或处于潜伏期便因剧痛而大声呼喊的产妇，她们内心的痛苦远胜身体上的疼痛。这种过度的紧张、焦虑和恐惧，往往源于对分娩知识的缺乏。

　　分娩是女性自然的生理过程，漫长的产程有助于身体更好地适应宫缩带来的疼痛，然而疼痛本身并不等同于痛苦。如果每位产妇在分娩前都能在助产士门诊学习相关知识，进行心理建设，那么她们在分娩时，即使经历宫缩，也不会感到极度的痛苦。

　　在助产士门诊，孕产妇们常会好奇地问："医院里的助产士是医生的助手，她们是在旁边喊加油的吗？"确实，许多人难以明确区分医生和助产士两者的职责。助产士不仅是孕妇顺产时的接生者，她们的职责还包括备孕、产前、产时和产后的指导，以及对孕产妇及其家庭成员的人文关怀。

本书以助产士的口吻将一个个鲜活的故事娓娓道来，穿插着她们最真切的感受和祝愿。在这本书中，您将跟随资深助产士们的脚步，切身体会助产士们在分娩陪伴、情绪疏导、能力提升等方面的真实经历。

本书是广医三院助产士的"经验之作"和"精心之作"。它不仅向业内人士展示了广医三院的创新妇产科项目，更是一封封亲切的信，专为孕产妇们准备。

如果您对导乐分娩还没有深入的了解，本书会用生动的案例给您留下深刻的印象。

如果您是"准爸爸""准妈妈"，本书会在提供孕期、分娩和产后实用知识的同时，给予您心灵的安慰。

如果您与这本书"偶遇"，希望这本书能让您觉得"读有所值"！

陈云

目 录
CONTENTS

1 温柔分娩

1

温柔分娩

如果孩子被温和地带到世界上来，那他（她）就会非常温和，如果世界上的孩子都是温和的，就会创造一个温和的世界。

导乐，让分娩成为美好的回忆

"哎呀呀——太疼了——我受不了了，我要手术……"一声急切的呼唤打破了夜的宁静。我循着声音轻步快行至小敏的身旁，发现她的精神状态已近乎失控，她双手紧握，呼吸急促，不由自主地颤抖、呻吟，咬着牙、语无伦次地大声叫喊着。

自然分娩对产妇而言，是一次自我的极限挑战，它要求产妇拥有坚定的意志力，同时还需要来自家庭和医护人员的有力支持。产妇在分娩过程中感受到的疼痛，除了生理上的自然反应外，很大程度上还源于对分娩过程的恐惧感和无助感。在这位准妈妈痛苦的时刻，根据我多年的专业经验，我知道她急需导乐师的陪伴与鼓励。

导乐，源于希腊语Doula，意为女性之间的关怀与照顾。

在分娩的过程中，导乐师扮演着陪伴者、支持者和鼓励者的角色，如同一座温暖的灯塔，从产妇临产，一直陪伴至分娩结束。导乐师的存在，是为产妇提供生理上的照顾和情感上的支持，以减轻分娩过程中的疼痛感和恐惧感。她们的陪伴，就像夜空中最温柔的星光，照亮产妇前行的道路，让她在迎接新生命的过程中，感受到爱与希望。

对小敏进行了快速的常规检查后，我迅速将她带到单人间，准备进行导乐。此时的她全身冰冷，肢体僵硬，已无法正常交流。我立刻关掉了空调，为她盖上被子，并紧紧握住她的手，面带微笑，用眼睛温和地注视着她。

在这个时刻，我深知家人的支持对小敏来说是多么重要。在小敏及其家属的要求下，我安排她的丈夫进来陪产，希望这份来自最亲近的人的支持能给她带来额外的安慰和力量。

她的丈夫带着关切和不解，向我提出了问题："为什么她的手这么冷？为什么她在不停地发抖？"面对家属的疑惑和担忧，我暂时没有正面回答，而是一直握着小敏的手，与她进行面对面的交流。我用柔和而平静的语气向她解释了产程的经过和相关知识。我告诉她，**宫缩是帮助胎儿娩出的重要力量，每一次宫缩，都是宝宝向这个世界迈出的一小步。**每一次宫缩，都会使宫口开大一点点，宝宝的头也会下来一点点。

分娩是一个自然的生理过程，在潜伏期（指从规律宫缩到宫口开大5厘米，初产妇一般不超过20小时，经产妇不超过14

小时），产妇们通常都能够承受分娩时的疼痛。但很多时候，内心的恐惧无形中放大了这种疼痛感，实际上，如果我们能平静下来，真正地去感受这种疼痛，或许会发现它并没有我们想象中那么难以忍受。

宫缩所带来的疼痛并非持续不断，一般情况下，在潜伏期内，宫缩的频率为5～6分钟1次，每次持续约30秒。也就是说，产妇仅在宫缩时的那30秒内会感到疼痛，因此，学会如何有效应对和顺利度过这短暂的30秒，显得尤为重要。

我耐心地引导小敏进行正确的呼吸以转移注意力、减轻疼痛、提高血氧浓度，教她在宫缩时通过鼻子吸气、嘴巴吐气的方式来调整呼吸节奏。慢慢地，小敏能在宫缩时短暂地配合我进行一两次呼吸。

我不断地给予小敏肯定和鼓励，让她相信自己能够勇敢面对分娩的挑战。时间在一呼一吸中悄悄流逝，不到10分钟，小敏已经能够完全跟上我的指导，甚至主动要求喝水和吃粥。看到她额头微微出汗，听到她要求开空调时，我知道她已经重拾了对自然分娩的信心。

我一直陪伴在小敏身边，不断给予她精神上的鼓励和支持。我使用各种导乐用具为她按摩以缓解疼痛，还充分利用她丈夫的角色来共同帮助她渡过难关。我指导她和她的丈夫一起曼舞、摇摆骨盆、坐分娩球……在我们的陪伴和鼓励下，小敏逐渐从恐惧的阴影中走出，开始勇敢面对和配合分娩过程。

由于小敏全身心放松，产程进展得比想象中还要顺利。当新生命降临的那一刻，她激动地流下了泪水，对我表达了深深的感激："感谢你一直在我身边，给予我鼓励和支持！如果没有你，我肯定无法坚持下去！"

分娩结束后，我轻声询问小敏对整个分娩过程的感受。她微笑着回答："看着可爱的宝宝，我觉得所有的痛苦和坚持都是值得的！这次分娩给我带来的总体感觉是快乐和幸福的！"

小敏还分享了自己在分娩过程中的心路历程："刚开始，我总想着不行就动手术算了，忍了几个小时，我觉得自己快要崩溃了。在你的引导下，我才逐渐调整心态，并告诉自己，为了宝宝要做一个坚强的妈妈！虽然阵痛很痛苦，但我可以通过深呼吸克服它！现在，我觉得自己特别棒，特别有成就感！"

听到小敏如此真挚的分享，我也由衷地为她感到高兴和自豪！她也表达了对我们医院和导乐服务的认可和信赖："你一直在我身边，陪伴着我、鼓励着我，让我勇敢地坚持到最后！导乐真的太神奇了！下次生二宝，我还要来你们医院找你做我的导乐师！"

这些肯定的话语，如同温暖的阳光，照亮了我的心房，让我感到非常欣慰和满足。是啊，导乐的意义就在于持续给予产妇信心。虽然她们会经历无数次阵痛，但最终可以战胜自我，顺利分娩。我们医护人员的心愿和使命，就是让每一位产妇减少身体和心理上的痛苦，激发她们的信心和勇气，去面对分娩这个生命的奇迹。

〔知识链接〕

产前检查（简称产检）与助产士门诊在保障母婴健康方面各有侧重。产检关注的是孕妇和胎儿的身体状况，确保其安全和健康；而助产士门诊则侧重于向产妇讲解分娩的基本知识和注意事项，帮助她们为即将到来的分娩做好充分的准备，让她们能更从容地面对分娩过程中的挑战。

然而，目前我国大部分孕妇还未充分认识到助产士门诊的重要性。她们可能认为，即使不了解这些知识，也能顺利分娩。但实际上，缺乏分娩知识可能会增加分娩过程中的创伤风险，对产妇的心理健康产生长期影响，这也反映出人们对心理健康的重视程度仍有待提高。

目前，我国助产士门诊的开展率不足40%，因此，加快助产士门诊的建设与发展显得尤为重要。应积极开展助产士门诊的宣传工作，与社区组织紧密合作，普及分娩知识，以造福更多的孕产妇。

你负责好好爱她就好

昨晚，我作为一名导乐师，陪伴在一位即将成为母亲的产妇香香身旁。

导乐开始后，我先让香香和她的丈夫共享一顿温馨的晚餐。在饭后的宁静时刻，我建议香香稍作休息，并主动排尿。**对产程中的产妇而言，补充能量和排空膀胱非常重要。**在休息时，我向他们详细解释了产程中保持放松、心情愉悦，下床活动的重要性，并强调了丈夫是陪产过程中的关键角色，他的关心和爱意对香香来说是无比宝贵的支持。

我告诉香香的丈夫："在这里，其他的一切事都交给我来处理。你只负责好好爱她就好。"

晚风微凉，在他们吃完饭略作休息后，我关闭了房间刺眼的白色灯光，只留下两盏橘黄色的灯，为房间增添了一份温暖与宁静。香香的手机播放着她孕期进行胎教时常听的歌曲，旋律轻柔而舒缓。

在这样的氛围中，我鼓励他们手牵手，站起来轻轻舞动，摇摆骨盆，感受彼此的支持与陪伴。我指导他们尝试各种温馨的拥抱姿势：他们的脸贴在一起，额头相抵，手牵着手，将彼此的力量紧紧相连；香香坐在瑜伽球上，靠在丈夫怀里，而丈夫则拥抱着她，轻轻抚摸着她的背，给予她无尽的安慰与力量。

我拿起手机记录下这些珍贵的瞬间，他们宛如热恋中的情侣，紧紧相拥，脸上洋溢着幸福和期待。这样的情景，让人忘却了分娩的痛苦，也驱散了等待产程时心中的焦躁。夫妻之间像朋友一样坐在一起聊天，享受着这个特殊的时刻。

那一刻我也忘却了我的工作，只感受到时光的温馨与美好，我忍不住问道："你们想喝杯茶吗？我有茶叶。"

随着时间的推移，夜色变得深沉，香香感到有些疲惫，我将床调到合适的高度，指导她的丈夫为她按摩。他们面对面，彼此的目光中充满了爱意和关怀。我站在一旁，微笑着对香香说："你看，你的老公多体贴，多爱你，你是多么的幸福！"我又转向她的丈夫，赞赏道："你真是一位非常贴心的老公，你做得很好，是我们陪产丈夫中的模范，所有人都应该向你学习！"

　　我提议将这份温馨带到助产士门诊，让更多的准爸爸、准妈妈们学习，他们欣然同意了我的请求。镜头前，他们真情流露，无须任何修饰，我看到了他们内心深处那份甜蜜、浪漫的幸福。

　　我不断地向他们灌输温柔分娩的理念，告诉他们："不要对产程的进展过于焦虑，也不要急于知道什么时候可以用力生宝宝。我们要做的，就是全然地放松、享受，在平静和愉悦中迎接宝宝的到来。当我们真正做到放松时，产程反而会进行得更加顺利和迅速。"

　　产程逐渐推进，我密切关注着香香的状况。当她宫口开全时，我开始指导她如何用力。可是效果甚微，她并没有强烈的便意感，于是我建议她坐在分娩凳上休息，这样既可以保存体力，也可以促进胎头的下降。

　　在这个过程中，我不断肯定香香丈夫的付出，同时也关注并表达出香香的不易（在心理学上，看见即疗愈！）。我深知，产妇们希望丈夫能够看到她们在生育过程中的付出与努力，并给予精神上的回报。可以说，产妇们是在求关注，在求爱。既然我们看到了产妇的需求，何不主动给予呢？

　　因此，我鼓励香香丈夫用言语和行动去表达对妻子的爱与关怀。在导乐的过程中，导乐师的角色就是指导丈夫去肯定妻子，去爱妻子。当妻子感受到这份爱，获得情感上的满足后，她会变得更坚强，能够更勇敢地去配合分娩的每一个步骤。

在柔和的灯光下，香香的呼吸开始变得更加有节奏，她的身体在宫缩的引导下，自然地找到了分娩的节奏。我在她耳边鼓励她："香香，现在深呼吸，感受每一次宫缩的力量，它在帮助你和宝宝一步步靠近彼此。"

她的丈夫紧握着她的手，眼神中充满了爱意和坚定，他也在鼓励着她："亲爱的，你做得很好，我们就要见到我们的宝宝了。"

在几次宫缩后，我看到了宝宝的头发，这是即将到来的新生命的第一个迹象。我激动地告诉香香："看，宝宝的头发，你们快要见面了。"这个信息给了香香新的力量，她的眼睛里充满了期待和决心。

宫缩变得愈发频繁和强烈，我告诉她："每一次用力，都是你和宝宝共同努力的成果。你做得很棒，我们就要成功了。"

终于，在一次强烈的宫缩中，香香做出了最后的努力，伴随着一声清脆的啼哭，宝宝顺利地来到了这个世界。那一刻，整个房间都被爱和奇迹充满。香香的脸上洋溢着幸福和骄傲，她的丈夫眼中含着泪水，他们共同见证了这个生命奇迹的到来。

我小心翼翼地将宝宝放在香香的胸前，让他们进行第一次肌肤接触。宝宝的小手紧紧地抓住香香的手指，这是母子之间最原始的联系。

分娩结束后，我静静地站在一旁，看着这个新组建的家庭沉浸在喜悦和爱中。我知道，我的工作已经完成，但我的心灵也被这份爱所触动。作为助产士，在导乐的过程中，我们其实是在为这对夫妻营造一个既轻松又浪漫的氛围。我们努力让他们的心灵再次贴近，仿佛让他们又谈了一次甜蜜的恋爱。

对我来说，工作不仅仅是一份职责，它更是我对生命尊重和热爱的体现。在每一次的陪伴中，我都会全心投入，希望能用我的专业知识与热情，为每一个新生命的到来，送上最美好的祝福。每一次分娩都是一次生命的庆典，每一次陪伴都是一次心灵的交流。

〔知识链接〕

导乐分娩是指具有生育经验的人员通过培训，在产妇分娩时对其进行情感、生理、心理上的持续支持和鼓励，让产妇感受到温暖，能在安全、舒适、无忧的环境下通过充分发挥内在力量来帮助顺利完成分娩。

导乐陪伴分娩已经逐渐成为国内外女性分娩时的选择。分娩前，助产士为产妇详细讲解分娩的相关知识，提高产妇对分娩的认知程度及自我效能；分娩中，助产士通过抚摸、言语等沟通方式，并结合多种非药物干预方式减轻疼痛，有效缓解产妇在分娩中内心的孤独感和恐惧感，进而提升产妇在分娩过程中的配合度，以促进产程进展，缩短分娩时间；分娩时，助产士陪伴产妇并提供专业有效的用力指导，可以消减产妇的心理负担，加强顺产的信心，进而保障母婴安全健康。

有时候，在产程中，产妇可能会遇到宫缩乏力的情况。这时我们会刺激乳头，以促使产妇分泌更多的催产素，进一步增强宫缩。陪产的目的也是如此，丈夫的爱，会让产妇释放更多的催产素。

音乐治疗让顺产更美好

　　小莉是一位41岁的高龄产妇，她为了这个宝宝，接受了5年的中西医结合不孕治疗，终于在打算做试管婴儿前的最后一个月迎来了自然怀孕的喜讯。

　　小莉对这次怀孕非常珍视，从孕19周起，她便定期来到助产士门诊，寻求专业的指导。然而，作为高龄产妇，那份潜在的焦虑也如影随形地困扰着她。

　　"双姐，我该怎么办？"小莉苦着脸向我倾诉，"我妈妈上周来照顾我，每天都做我爱吃的，我一下子重了5斤（1斤=0.5千克）。再这样下去，我还怎么顺产呀？"

　　体重是准妈妈们普遍关心的问题，小莉也不例外。我耐心地为她讲解了孕妇膳食宝塔，为她量身定制了饮食计划和体重管理方案。小莉听得津津有味，认真记录着每一个细节。

然而，几周后的再次相遇，她的眉头却微微皱起，带着一丝不满："双姐，为什么医生只给我开了每天500毫克的钙片呢？我在网上看到，孕妇每天需要的钙超过1 000毫克呢！"

我用营养学的知识为她解惑："其实，我们的日常食物中也含有丰富的钙，所以不一定全部依赖药物来补充。"

但她的情绪依旧有些激动，她向我倾诉："我每天都吃了含钙的食物，比如虾皮、海带、豆腐等，但我还是会抽筋啊。"

我以柔和的微笑回应她的担忧，给出了我的建议："那你每天争取再晒20分钟的太阳试试，晒太阳能促进维生素D_3的合成，有助于钙的吸收。"她将信将疑，但最终决定听从我的建议。不久后，她带着感激的心情回到了门诊，抽筋的问题已经得到了解决，她的脸上洋溢着释然的笑容。

小莉和她的丈夫渐渐意识到助产士门诊可以给予他们更多帮助，为了争取更多的时间与助产士交流，夫妻俩特意安排在产检后的下午来助产士门诊。这一点令我很感动，因为目前在我国，意识到助产士门诊重要性的孕产妇并不多。

听说我们医院有"音乐胎教及音乐镇痛分娩"的课程，小莉和她的丈夫成了积极的参与者。我为他们讲解了胎教的由来、好处，以及实施的方法和技巧。在音乐治疗师唐灏柯老师的引导下，我们用《妈咪》这首歌曲引导他们与腹中的宝宝做情感联结，幸福的泪水在小莉的脸颊上滑落。我还用音乐引导想象为小莉植入分娩时的信心和勇气，并叮嘱他们，每天至少花20分钟聆听音乐为宝宝做胎教，和宝宝互动。

进入孕晚期，小莉参加了"音乐胎教及音乐镇痛分娩"课程的第二阶段。我指导她如何在音乐中呼吸来缓解疼痛、如何在音乐曼舞中促进产程、如何进行音乐绘画，以及传授她正念呼吸的技巧等。同时，我还教她的丈夫如何为她做音乐按摩、音乐抚触。小莉和她的丈夫学得非常认真，他们互相配合，传递着彼此的爱与关怀。

然而，小莉38周的产检结果却并不乐观。她的血压偏高，收缩压最高达到160毫米汞柱，舒张压最高达到96毫米汞柱，并且B超提示宝宝脐带绕颈2周，羊水指数5厘米。作为高龄初产妇，医生建议她提前入院，准备提前结束妊娠。面对手术还是顺产的选择时，小莉坚定地选择了后者。她的信心，来源于她对分娩的深入了解和在孕妇课堂中汲取的力量。

在静脉滴注缩宫素开始发挥催产作用时，剧烈的阵痛让小莉一度想放弃顺产。她紧握着丈夫的手，脸上露出了痛苦的表情。我见状立刻提醒她打开手机里平时给宝宝听的胎教音乐。

"小莉，听听那些熟悉的旋律，让它们陪伴你度过这个艰难的时刻。"我轻声安慰道。

熟悉的旋律缓缓流淌，像一股温暖的春风，温柔地抚慰着小莉，小莉的表情逐渐变得平静。她闭上眼睛，仿佛在音乐中找到了力量。当麻醉医生评估可以使用分娩镇痛（无痛分娩）时，医生为她进行了椎管内麻醉，让她在接下来的过程中更加从容。

在专属的音乐中，我为小莉做肌肉渐进式放松，小莉慢慢入睡，休息了近两个小时。当她醒来时，我关切地询问她的感受。

"好多了！"小莉感激地告诉我，"之前的胎教音乐课程帮了我大忙，阵痛的时候，听到《妈咪》那首歌，听到宝宝叫妈妈的时候，我一下就感觉有力气了。每当听到课上放过的那些歌，我就会想起自己当初下定决心要顺产。音乐好像有一种神奇的力量，让我感到不那么害怕了。"

为了让小莉更好地生产，我鼓励她下床，与她的丈夫进行一场浪漫的音乐曼舞。由于站立位可以利用重力的作用让胎头更好地下降，于是我让他们夫妻站立拥抱，在《知心爱人》的旋律中，小莉依偎在爱人的怀里。两人闭着眼睛，沉浸在音乐中，重温着他们之间的故事。

随着音乐的节奏，他们时而深情地相拥而舞，时而欢快地摇摆骨盆，体验着属于两人的甜蜜时刻。当舞蹈结束，我们又进入到音乐绘画的环节。小莉选择画下木棉花，那火红的花朵，如同她对未来的憧憬与希望。

小莉告诉我，在过去的5年里，为了这个宝宝，她喝了很多中药，打了好多针，促排卵，取卵，痛苦至极，终于在木棉花开遍大街小巷的时候，她发现自己怀孕了。

"本来决定下个月就去放胚胎，没想到竟然意外自然受孕。我真的很幸运！"说到这里，小莉再次流下了幸福的眼泪。

谈及未来，小莉羞涩地笑了："因为这些年身体一直不好，再加上我是高龄产妇，所以我特别希望能够自然分娩。现在我还有一个小小的期望，如果条件允许，我还想再有一个宝宝。"

在音乐和爱的陪伴下，产程进行得非常顺利，在整个分娩过程中，小莉的血压都维持在正常的范围内。最后，小莉顺利地产下了一个可爱的女儿，圆了她做母亲的愿望。

她的丈夫在一旁见证了这一切，感慨万千。他曾以为分娩是一场充满痛苦与尖叫的战斗，却未曾想到，它也可以如此甜蜜和浪漫。电视剧里那些夸张的画面，远不如眼前这份体验那般温馨而真实。音乐治疗的力量，彻底颠覆了他们对顺产的所有既定印象。

今年的感恩节，我收到了小莉寄来的鲜花和一张满载感激之情的卡片。卡片上的文字，温暖而真挚，让我回忆起了她孕期及分娩时的点点滴滴。那一刻，我深深地感受到了作为助产士的使命感和荣誉感，心中充满了无尽的温暖和感激。我希望他们的生活能够永远幸福快乐，如同他们给予我的这份感动一样长久。

〔知识链接〕

音乐镇痛的原理

（1）疼痛中枢抑制理论：人类的大脑皮层有一个重要的机制——当一个神经中枢兴奋之后，会抑制周围其他神经中枢。这个机制保证了注意力的集中。如果大脑皮层的数个神经中枢在同一时间内都处于兴奋状态的话，人就不能把注意力集中在一件事情上。而人的听觉中枢与痛觉中枢都处于大脑的颞叶位置，距离非常近，所以音乐激活了听觉中枢的同时，也就抑制了痛觉中枢的兴奋。

（2）内啡肽理论：科学实验已经证实，人在听音乐的时候，体内血液中的一种重要生物化学物质——内啡肽的含量会明显升高。内啡肽也被称为安多芬或者脑内啡，是由脑垂体分泌的一种内成性类吗啡生物化学合成物激素，属于氨基化合物（肽）。它能与吗啡受体结合，产生与吗啡、鸦片剂一样的止痛效果和愉悦感，是一种天然的镇痛剂。

成为"医"靠

下午4点，我穿过医院长长的走廊，来到产科的病房。这里，每一位孕妇都带着期待和紧张，等待着新生命的到来。

我注意到23床上的小丹，她的神情显得尤为痛苦。在交班时，我了解到她是一名经产妇（曾经生过至少1个孩子的妇女），这次她怀的是双胞胎，但情况有些复杂——其中一个胎儿的羊水过多，另一个却过少。

我趁着小丹的宫缩间歇时间，走到她床边，轻轻拍了拍她的肩膀，问道："小丹，刚刚是有宫缩吗，很痛吗？"她皱着眉，点了点头，语气中夹杂着不耐烦："是啊，特别痛！现在还不能打无痛（进行分娩镇痛）吗？！"

"小丹，刚刚给你检查了宫口，暂时还不能打。"我连忙向她解释。

"如果现在打无痛，会影响开宫口吗？"小丹继续追问。

"宫口还没开呢，要再等一等。"我以温和的语气安抚小丹，一步步引导她，试图让她与我达成共识。

小丹显然有些焦虑，但她还是选择了配合我们："我也想我的两个宝贝早点出来，那还是得听你们的话。"

我安慰她："是呀，而且你都已经第四胎啦，一定有很多经验。"

"其实也没有多少经验，生第二、第三胎的时候比较快，第一胎又过去很多年了，我已经忘记了当时是怎么生的了。"小丹的声音中带着一丝迷茫。

"那也没关系，虽然你忘了这种感觉，但你的身体记得，你的分娩条件也比你生第一胎的时候更好。"我的话还未说完，她的宫缩紧接着又来了，她在床上疼得扭动，右手紧紧抓着床把手，一直憋着气，脸庞通红。

"来，小丹，听我说，把气吐出来。"我努力松开小丹紧攥的右手，把它放在我的手上，"对，很好，现在深吸一口气，没错，再慢慢吐出来，再深吸……"我观察着小丹的每一个动作，引导她应用**拉玛泽呼吸法**（20世纪50年代，一名叫拉玛泽的法国医生发明的能够在一定程度上减轻分娩疼痛的呼吸训练方法），她紧绷的状态随着呼吸的节奏渐渐放松。

我鼓励她："小丹，你刚刚做得很棒，深呼吸做得非常正确。你有没有觉得这样做会让你痛起来的时候感到舒服一点？"

小丹点了点头："刚刚太痛了，我没注意，但是确实让我整个身体都放松了，我感觉深呼吸好像有用。我刚才做的就是深呼吸，对吗？"她的注意力被拉玛泽呼吸法所吸引，开始主动尝试用这种方法来缓解宫缩带来的痛苦。

"是呀，就是深呼吸，慢慢吸一口气，再慢慢吐出来，每次吸气跟呼气的时候你都可以在心里默数一二三四，宫缩的时候这样做，可以缓解你的疼痛和紧张。"

"嗯嗯。"小丹点点头，她开始更加专注于呼吸，每一次呼吸都更加平稳和深入。

大约1个小时后，小丹的宫口开到3厘米，但此时她的床边B超显示，两个宝宝的胎位一个是头位，一个是臀位。我们同医生交流时，小丹隐约听到了我们的对话，她既不确定又担心："刚刚医生说的是……什么意思？"

我注意到小丹的情绪，开始跟小丹说明情况："小丹，是这样的，现在你的两个宝宝呢，一个是头位，一个是臀位。"

"啊？这个意思……难道我是不能顺产了吗？不会还是得剖宫产吧……"小丹的眼神一下子失焦，声音中透露出无力和焦虑。

我立刻察觉到小丹的不安，轻声安慰她："不是这个意思啦，小丹，你现在也没有任何不能试着顺产的指征呀，只是说一个头位一个臀位相对于双头位，顺产的风险会大一些，但是你现在的所有情况都还是正常的。你自己是什么想法呢？"

"那就好，那就好，我还以为不能顺产了，我不想第四胎反而还要经历剖宫产啊……"小丹稍有些迟疑。

"不用担心，我们会一直看着你的胎心监护情况，有任何问题我们都会跟你说的。你只需安心等待小天使们的到来。"

进行无痛分娩后，我巡房发现小丹的状态明显好转。宫缩和胎心都保持在正常范围内，我嘱咐她，没有宫缩的时候一定要多加休息。然而，1个小时后，小丹开始频繁按铃求助。

"不行了，我真的坚持不下去，开始痛起来了，忍不了了。"她神态痛苦，双手紧紧抓着床单。我安慰了几句后指导她躺平睡正，给她查了宫口后发现已经开了7厘米。

"小丹，已经开了七指（7厘米）了，再坚持一下，很快就可以开全，很快就可以和宝宝相见了。"

小丹疲惫地点点头，我又问她："你宫缩时哪里痛啊？"

"腰，腰背部，超级痛，我感觉快要抽筋了。"

"那你稍微侧躺下，我给你按摩按摩，可能你会感到舒服很多。"我帮助小丹缓缓侧身，给她按摩腰背部，在床边陪她聊天来分散她的注意力。

"为什么我生前面三胎都没有这么痛啊？"小丹很不解地问我。

"首先是年龄，你第一、第二胎都是20多岁生的，第三胎是30岁，你现在40岁了，身体条件自然会有所不同。"

小丹苦笑着："也是，我都快忘记自己年龄已经很大了。"

"而且，你前面三胎都是单胎，这一胎是双胎，怀孕的时候应该也比前三胎更辛苦吧。"

"嗯……是啊，这么一说还真是，我一开始还以为是无痛的效果不好，看来是我错怪了。"小丹有些不好意思地笑了。

"生完这胎，后面还生吗？"我笑着同小丹打趣。

"不了不了，年龄也不允许，加上有5个小孩，再生就养不起了。"小丹的心情开始慢慢放松。

"你真是一个很伟大的妈妈。"

"是吗，那看来……我还挺厉害的吧！"小丹对自己有了些许认可。

"那当然啊，你真的很厉害。"我向小丹竖起大拇指，小丹也笑了起来。

我们聊了1个小时左右，我看小丹的宫缩越来越密，提议道："小丹，要不我给你查一下宫口，看看情况怎么样？"

"好啊。"小丹配合着我进行检查。

"小丹，开全了，真棒。"

"是吗，是吗？那我现在可以开始用力了吗？"小丹欣喜地问，但随即她又有些担心，"宝宝臀位的话，等会儿会不会生不出来？"

"小丹，别担心，专心用力，相信你自己，我们会帮助你的。"我的手搭在她的肩膀上，担心她一直没休息会影响用力，"你现在累不累，要不要稍微休息下再用力？"

"不用不用，我感觉我现在充满了力量。"小丹信心十足。

很快，第一个宝宝平安降生。"恭喜你，小丹，第一个宝宝已经出生了。现在我们再加把劲，让第二个宝宝也早点出来。"我鼓励着小丹。

仅仅11分钟后，第二个宝宝也顺利以臀位分娩了出来。

"小丹，你辛苦了。现在好好休息下，你看你做到了！"我为小丹感到骄傲和高兴。

小丹感慨地说："我觉得你们才是最厉害的。我前三胎是在其他医院生的，这次我去之前那家医院，他们一直建议我做手术，说羊水不行，我又有糖尿病，加上双胎其中一个宝宝还是臀位。但你们不仅鼓励我顺产，还这么照顾我，真的谢谢你们。"

"小丹，这是我们共同努力的成果。没有你的努力，我们再厉害也没有用。能坚持下来，你应该为自己骄傲。"我为小丹擦去了额头上的汗水，让她能够更舒适地休息。

小丹连连道谢，直到她平安出产房的前一刻，她都一直在表达对我们的感激之情。

作为一名平凡的助产士，看到一个又一个健康可爱的宝贝出生，我觉得这样的时刻最有意义！

〔知识链接〕

双胎妊娠相对于单胎妊娠更加不容易，孕期各种各样不适的症状也会让妈妈们更难受。

双胎分娩的时候也会比单胎分娩考虑得更多，在分娩方式上，针对不同的绒毛膜性会有不一样的决策，一般分为以下3种情况：

（1）单绒单羊：即两个胎儿共用一个羊膜腔和胎盘。

一般建议妊娠到32～34周行剖宫产。

（2）双绒双羊：即两个独立的胚胎，有两个羊膜囊，两个羊膜囊之间有两层绒毛膜、两层羊膜，胎盘可能是两个，也可能是一个。

一般建议妊娠到38周，如无异常可以考虑阴道试产；如有异常，在孕38周前处理，可考虑剖宫产。

（3）单绒双羊，两个胎儿分别在两个单独的羊膜囊里发育，共用一个胎盘。

一般建议妊娠到35～37周，如无异常可以考虑阴道试产；如有异常，在孕37周前处理，可考虑剖宫产。

不管采取何种方式分娩，确保母婴安全才是医护人员的最终目的。

陪　伴

第一眼看到她名字的时候，我有点惊讶，"呼"这个姓氏相当少见，这是我第二次看到这个姓，第一次是在电视上，一档综艺节目里的脱口秀演员姓"呼"。仅仅凭着对名字的印象，我的脑海中便浮现出这样一个形象：一张胖胖的圆脸，能言善道，爱笑爱闹。

她是一位初产妇，30岁，上午经静脉滴注了催产素，下午宫口开到2厘米后，进行了分娩镇痛。现在宫口开至4厘米，虽然在产检中发现羊水过少，但其余检查没有异常。

我走到她的床边，拉开帘子，首先注意到了她的身高，我们1米2宽的床似乎有点装不下她。她留着一头蓬蓬的小卷毛，以一种很放松的姿势斜躺在床上，精神状态看起来不错，当真与我脑海中的形象相重合。

我先做了个自我介绍："你好，我是你的导乐师周晓君，你可以叫我小周。"她眼神一亮："太好了，终于等到你了，来，我们击个掌。"她伸出手来，我们"啪"地击了个掌。这一掌瞬间拉近了我们之间的距离。

我按照要求将她送去分娩间，在去分娩间的路上，她也是中气十足："我盼了你好久，从早上就预约了，但是你们太忙了，一直没约上。"

"是呀，今天比较忙，而且一般宫口开到2厘米以上才开始导乐的。"我解释道。

"好的，我们一起努力。"

"嗯嗯，你可以的，你这么高，有1米72，条件应该不错的，宝宝又不大，肯定能很快生。"

"真的吗？我前面开指开了好久，我都绝望了。"她有些不敢相信。

"没事的，宫口扩张以后会进入活跃期，产程一般会加快，你要有信心。"

"好呀好呀，我们一起努力。"不同于其他产妇经历过阵痛后的萎靡和虚弱，她的元气满满让我对她的顺利生产充满了信心。

说话间，我们已来到分娩间，在这之前我已精心布置了这里：将灯光调暗，放上香薰灯和星空投影仪，播放着和缓疗愈的音乐，创造一个昏暗、安静、舒适的环境，就像自然界中动物生产时温暖、干燥的巢穴一样。

我先指导她坐分娩球，她在乐观之下也有点忐忑："小周姐姐，我破水时间比较久了，而且刚刚羊水流得比较多，宝宝会不会有事呀？"

"没事的，羊水大部分由宝宝的尿液组成，是循环生成的，短时间内只要胎心监护正常，是没有问题的，也有很多产妇破水两天才把宝宝生下来呢。"我耐心地解释，希望能让她感到安心。

"哦哦，原来如此。"她听后明显放松了下来。

"好，现在我们先坐一坐分娩球，**这样可以缓解腰部和会阴部的不适，还可以通过重力的作用加快产程。**"

"好的，那我们一起努力。"接下来，她在我的指导下变换了各种体位坐分娩球，我对她的配合表示肯定："我觉得你的精神状态真好！"她的丈夫在一旁调侃："那是你没有看到她上午崩溃的样子，她是刚刚听到宫口开了4厘米，整个人都活过来了。"

"是的，我一直在嚎，打完无痛之后才休息了一会儿，无痛真的是人类之光。"她对上午的疼痛仿佛还心有余悸。

"我看你早早预约了导乐，是在孕期就做了很多功课吗？"我好奇地问。

她点头："嗯，在孕期我了解了好多相关的知识，一直在坚持练瑜伽，孕晚期还使用了小哑铃，一切都是为了最后这一刻。"

"哇，那你真的做了非常充分的准备。"

"嗯嗯，虽然做了很多准备，但是真正宫缩的时候我还是感到崩溃，痛苦超乎想象。"

"你真的很努力、很坚强，接下来我会陪着你，一直到宝宝出生。"

她看着我，眼中充满了信任和期待："小周姐姐，我希望尽量不要侧切。"

"嗯嗯，我们都希望不侧切，但是在危及宝宝或者妈妈安全的情况下，我们有时不得不进行侧切哦，不过我们可以为此做出努力，比如我们现在采取的直立体位，还有稍后我会为你的会阴进行按摩，这些都是能降低侧切概率的。"

接下来，我们跳起了生育舞蹈，她那充满活力的舞姿让我情不自禁地赞美："你真是我见过最灵活的妈妈。"我们还邀请了家属一起跳舞，让她搂着家属随着音乐曼舞，她的丈夫不停说着鼓励的话："是的是的，你现在做的动作很有用，都是帮助宝宝下来的动作。"整个分娩室充满了分娩过程中少有的欢声笑语，她的笑容和她丈夫的插科打诨使我在繁忙、紧张的工作中感受到了难得的轻松愉悦。作为助产士，我觉得她反过来治愈了我，她是让人忍不住心生好感的人。

大约1个小时的活动后，她表示有比较强烈的便意感，我便让她躺到床上，为她检查了宫口。我惊喜地告诉她："宫口开全啦，可以开始用力啦。"于是，我们进入分娩的重头戏。

起初，我让她侧躺着用力："想象着拉大便的感觉，用力往下推。"她充满干劲地吸气、屏气、用力。然而，在用力了大约15分钟后，我发现胎头并没有明显的下降。她有些挫败："小周姐姐，我能行吗？宝宝的头会不会太大了？"我安慰她："不会，大多数人用力的时间都在1个小时左右，想想那么大的宝宝从那么小的口出来，肯定是需要时间的。你放心，宝宝会一点一点地往下降。"

我建议她变换姿势，改成蹲位，这种姿势更有利于她找到发力感并促进胎头下降。在她蹲位用力的15分钟里，我一直扶着她，帮她减轻身体负担。她气喘吁吁地告诉我她会阴部感到明显的胀痛："小周姐姐，我觉得下面好痛，我觉得快要拉出来了，为什么宝宝还不出来？"我鼓励她："太好了，亲爱的，有这种感觉说明宝宝快出来了，他*的头在下降，压迫到了会阴，这是好事呀，我们胜利在望了。"

考虑到妈妈体力的消耗，我们最后决定让她躺回床上继续用力。随着用力时间的延长，她下腹部的疼痛感越来越强烈。她忍不住连连嚎叫："我好痛呀！"家属试图安慰她，她喊道："别说话，你只要给我加油就行了。"她的焦虑与痛苦有

---

* 注：下文中的"宝宝"性别不明时，指代均用"他"。

如实质，沉甸甸地压在我的心上，她与先前判若两人。此时的我不仅仅是一名助产士，在陪伴的过程中我们已经成了朋友，我知道，此时的她濒临崩溃，最需要的是鼓励与安抚，需要有人站在她身边给予肯定。

我抚摸着她的肚子："思华，再坚持一下，已经能看到宝宝的头了。很快就能见到宝宝了，加油！"她痛苦地回应："我好痛！"我握紧她的手说："是的，现在是最辛苦的时候，你要坚持，深呼吸，不要害怕疼痛，它是来帮助你的，宫缩在和你一起把宝宝往下推，宝宝也一直在往下走，他在和你一起努力哦。"我指导她在疼痛时如何呼吸更好，并调整为较为舒适的体位，同时她的丈夫也在一旁鼓励她，一遍一遍地亲吻她。

她振作起来："好，我加油，我可以！"她又顽强地坚持了十几分钟。然而此时宝宝的胎心开始下降，而且恢复缓慢。产科医生要求准备侧切钳产："思华，现在宝宝的胎心很慢，如果短时间内不能出生，可能会窒息。"

我的内心也十分焦急，觉得钳产已势在必行，对她的信心不禁有了一些动摇。她已累得说不出话来，我望着她疲惫的双眼，想到她为此做出的努力与准备，还是再次鼓励她："加油呀思华，你可以自己生的，再用力一点，宝宝的头已经在门口了，再加把劲就出来了。"

她点点头，竭尽全力，终于在两次宫缩后，一个拥有妈妈黑色自来卷头发的湿漉漉的小男孩来到了这个世界，他挥舞着小手小脚，发出了人生的第一次啼哭。宝宝的爸爸热泪盈眶地亲吻了妻子，而妻子也从生产中回过神来，只平静地感叹："终于可以睡个整觉了。"

在整个产程的最后两个多小时里，前半段轻松愉快，后半段却充满艰难挑战，我很荣幸能够陪伴她度过这一生难忘的一刻。在这个过程中，我特别感动于她丈夫所表现出的尊重、支持，他及时的沟通与安抚，以及他们之间紧密的情感纽带。我们两人一起真实地参与到了她的分娩中。

这位妈妈聪明、坚强、有毅力，她那么地信任我，我们一起跳舞、聊天，聊到她的爱情长跑，她的婚姻观、育儿观，她为这次分娩所做的所有思想和身体上的准备。我解答她的所有疑问，抚平她的不安与焦虑，与一个两小时前的陌生人如此深入地交流，是我从未有过的体验。我切身感受到了一位母亲的力量与勇气。

陪伴不是强硬的指导，而是温和的引导和坚定的支持。

〔知识链接〕

陪产指家属在产妇分娩的过程中在一旁陪伴并给予她支持和鼓励，照顾产妇的饮食和排泄。陪产可以提高顺产率，降低剖宫产率，有降低产后出血等并发症、缩短产程、提高产妇和新生儿生活质量等优点，还可以促进准爸爸和准妈妈的角色转换。

陪产的家属需要注意哪些事项呢?

(1)陪产的家属无晕血、晕针、咳嗽、感冒等身体不适。若陪产者是产妇的妈妈或者婆婆,且存在高血压、心脏病等疾病,则不建议陪产,因为长时间的陪伴和休息欠佳,在疲劳下可能会诱发血压升高等危险情况。

(2)若陪产者为产妇的丈夫,担心看到某些画面影响性生活,可以在产妇做阴道检查或者分娩时安排其到门外休息,或者背对产妇。产妇的丈夫可以在进来陪产时提前告知助产士。

(3)陪产家属的主要职责是照顾产妇的饮食起居,并提供心理支持。产妇一般每1~2小时要进食1次流质食物,例如粥、汤、功能饮料;每2~3小时家属要提醒产妇小便1次,因为排空膀胱有助于宝宝的胎头更快下降,减少产妇的疼痛感。

(4)一旦产妇觉得疲劳,家属应优先安排其休息。

(5)陪产过程中家属可以鼓励产妇多下床运动,由于椎管内麻醉,部分产妇会感到下肢无力,家属要扶好产妇,确保其安全。

(6)家属可以为产妇擦汗,并进行按摩,以缓解其疼痛感。按摩没有特别的技巧,产妇觉得舒适即可。按摩腰骶部时,避免按压到麻醉管。

(7)家属一定要多说鼓励的话,向产妇传递正能量。家属的陪伴能为产妇提供生理和心理上的帮助，缓解产妇的紧张情绪，增加自然分娩中的人性化。

（8）陪产时，家属进入房间后不随意离开房间，如有需要，可按床头铃呼叫医护人员，不随意翻动房间内的物品，未经允许不可随意录像拍照。

谢谢你的守护

今晚的产房灯火通明，犹如一个不息的"战场"。我正通宵守护这里的每一位母亲和孩子。经过大半夜的奋战，产房渐渐恢复了宁静，只剩下一位产妇还在用力，一位进修老师正在她的身边指导。

产房的性质就是如此，有时候很空闲，有时候又忙得不可开交。

到了下半夜，我终于有时间喝水休息。突然，一声撕心裂肺的尖叫打破了这份宁静，那是来自那位仍在努力的产妇。在产房，这样的声音并不罕见，作为一名工作20多年的老助产士，我早已习以为常。"反正有一位经验丰富的进修老师在那里教产妇用力，应该没什么问题。"我心里这样想着，眼睛却不由自主地瞥向了黑板。

黑板上密密麻麻的诊断让我心头一紧：胎膜早破、妊娠期糖尿病A1级、甲状腺功能减退、不良孕产史，以及她现在的情况——孕6产0，孕39^{+1}周，LOA（左枕前位），单胎临产。"这类产妇需要尽量缩短第二产程，让孩子越早出来越安全！"我脑子里第一时间涌出这样的想法。

疲惫和肿胀的双脚已不再是借口，我深吸一口气，放下水杯，准备再次投入这场生命的战斗中。这是我的责任，作为助产士，我负责的是妈妈和胎儿两个人的生命安全，这是一个家庭的希望。

我走到她的床边，看到她大汗淋漓，头发紧贴在额头上，眼神无助地望向天花板，仿佛已经耗尽了所有的力气。我知道，此刻她急需我的帮助。

在这个时候，让产妇下床，以自由体位用力，将有助于加速产程的进展。尽管这样的选择伴随着更高的安全风险，但作为助产士，我有信心将这一切风险控制在安全的范围内。于是我轻声问她："亲爱的，下来站着或者蹲着用力，你觉得有力气吗？"她的眼神中透露出一丝犹豫，轻轻地摇了摇头。

我并没有放弃，继续温柔地问她："那么，是否可以坐在分娩凳上用力呢？这样利用重力可以帮助胎头更快下降。"这一次，她微微点头，表示同意。我小心翼翼地扶她下床，引导她坐在分娩凳上。

　　宫缩带来的会阴部和腰骶部的疼痛让她忍不住尖叫，我耐心地抚摸着她的腰背部，不断地安抚她，向她讲解分娩知识，喂她喝一些功能饮料。

　　她的情绪逐渐稳定下来，开始断断续续向我倾诉她的遭遇："我之前已经流产了5次，内心很受打击。我的家婆也很嫌弃我，甚至暗示我老公和我离婚。我自己也很痛苦，有一次我都走到珠江边上了，想跳下去一了百了，为什么要一个孩子这么难？没有孩子，我就要失去婚姻，失去家庭？！"

　　她叹了口气："其实，在怀这一胎之前，我家婆已决定让我先领养一个孩子，连家里的婴儿床都准备好了。可是当那天要去看孩子的时候，我内心只有抗拒，所以我拒绝了。从那以后，我家婆再也没来过我们家。"

　　我安慰她："你的决定是正确的。现在，你应该把注意力放在自己和宝宝的健康上，其他的事情都会慢慢好起来的。"

　　她用疲惫而无助的眼神看着我，小声地问："我可以抱着你吗？"我没有说话，只是紧紧地把她拥入怀中，给她最温暖的依靠。

　　她的声音微弱而颤抖："我很害怕这一次孩子会出什么意外。我也想好好用力，可是各种疼痛让我实在控制不住。"她哽咽着："医生，我不是故意的，我不是故意的。"

　　我轻抚着她的背："我知道，你已经做得很好了。现在先别想太多负面的东西，你可以多想想宝宝出生后大声啼哭的样子。相信自己，你一定可以做到的！我会一直陪伴在你身边，为你加油打气！"

在接下来的时间里，我们像战友一样共同面对每一次宫缩。当宫缩来临的时候，她紧紧地抱着我使劲用力；当宫缩过去后，她则像一个需要安慰的孩子，在我怀里找到片刻安宁。

我像母亲照顾婴儿般，静静地陪伴着她，时而喂她喝水，时而抚摸她、安慰她。

由于她是坐位，胎心监护不便进行监测，我不得不采取一种特殊的姿势：左手抱着她，右手斜着身子扶着监测探头。这样的姿势，我保持了大约半小时，直到孩子的头大部分露出来。很快，一声响亮的啼哭在宁静的黎明中响起，宣告了新生命的到来。

听到孩子洪亮的哭声，她激动得热泪盈眶，不停地重复着："如今我有孩子了，我也是做妈妈的人了，我的婚姻、我的家庭保住了。医生，谢谢你，我太感谢你了！你今晚守护的不只是一个产妇，你守护的是一段婚姻、一个家庭啊！"

〔知识链接〕

自由体位分娩，指产妇根据自身情况，如病情、体力、环境、设备等自愿选择自己感到舒适并能有效促进分娩的体位，如站立位、坐位、蹲位、跪位、侧卧位等，而不是静卧在床或固定某种单一的体位，并且多指除仰卧位以外的体位分娩。

坐位分娩的优势：

（1）借助重力作用，有助于胎头下降，缩短第二产程。

（2）可轻微增大骨盆入口，有助于产力的传导，促进胎头下降和异常胎方位的胎头旋转。

（3）坐位分娩可以减轻子宫对腹主动脉及下腔静脉的压迫，改善胎盘循环，减少胎儿窘迫的发生。

（4）有助于产妇休息和减轻腰骶部疼痛。

（5）增加舒适度，减轻疼痛，便于肩部、骶部热敷及按摩。

本例的产妇即采用坐位分娩，大大缩短了第二产程。

陪产增进家庭感情

产妇丽丽的情况有点特殊，由于病情，她只能尽量卧床休息。当她宫口开到4厘米时，虽然此时已经有一位姨妈在身边照料，但她还是选择请求导乐师的帮助。

我们向她做了充分的告知："因为您的病情，很多导乐的内容，我们无法为您提供，并且现在您身边又有家属陪伴，是否还需要导乐呢？"

她有些犹豫，她的家属看到这种情况，轻声建议道："既然有些服务做不了，那我们就算了吧。"然而，丽丽并没有马上做出决定。我微笑着问她："哪怕我只是陪在你身边，你也愿意导乐吗？"丽丽肯定地点了点头。她的姨妈觉察到，在这关键时刻应遵循产妇的意愿，马上道："你人那么好，有你在身边，我们也安心。"

于是，我开始作为导乐师陪伴她们。

我先让丽丽喝下一碗热粥，等待她下床排尿，但无论我们怎么努力，尝试了各种方法，她还是无法自行排尿，最后只能由我为她导尿。

之后，我建议丽丽休息，补充体力，为接下来的产程做准备。我对她说："白天临产你折腾了一天，现在最好睡觉，补充体能。"她的姨妈有过顺产经验，立刻表示赞同："没错，充足的休息非常重要。等你一觉醒来，很想大便，那就说明宝宝快要出生了。"

于是，我为她们熄了灯，确保环境安静舒适，让丽丽和阿姨能够安心入睡，而我则坐在窗户旁静静地看书，守护着她们度过这个关键时刻。原本我打算去办公室等待，但考虑到丽丽的特殊情况和她们对我的依赖，我还是决定留下来。

她们稍微睡了一会儿后就醒了，然而我们发现宫缩情况并不理想，产程没有进展。在与医生沟通后，我们决定为丽丽使用缩宫素。

"丽丽，你的宫缩现在是6~7分钟1次，刚刚检查宫口还是和上次一样，开4厘米，所以我们现在要给你滴注缩宫素，让你的宫缩越来越规律，达到我们所需要的效果，也就是10分钟3次宫缩。"

"那打缩宫素对宝宝和我有什么影响吗？"丽丽有些害怕。

我以最温和的语气回答她，确保她能够理解并感到安心："丽丽，**缩宫素可以帮助你的子宫加强收缩，**极少数情况下可能产生并发症。有些人还可能发生过敏反应。"

我停顿了一下，确保丽丽能够完全吸收这些信息，然后继续说道："不过你放心，缩宫素都是从很小的剂量开始滴注的，开始是每分钟8滴，然后15～30分钟后根据宫缩情况逐渐增加，每次只加4滴，直到引起有效宫缩。这期间，我们会严密观察你的宫缩和胎心监护情况，放心！

"至于缩宫素过敏，它的发生概率很低，我在产房工作了十几年，只见过一例。再说，你还有我这个导乐师一直在身边陪着呢。不用担心，在产房滴注缩宫素是很常见的处理方式。"

丽丽缓缓地点了点头："好的，我相信你们！"

丽丽的姨妈非常贴心、充满智慧且性格开朗。她注意到丽丽的脚露在外面，便不断地为丽丽按摩双脚，关切地问她冷不冷。我马上肯定了阿姨对产妇的关爱，并告诉丽丽，要永远记住姨妈在她人生关键时刻的陪伴和帮助。丽丽也感激地回答道："我的姨妈人好，遇事又冷静。所以我才选择了让她陪产，而不是让我妈妈进来。"

听到这里，我由衷地为她们点赞："你们是一个温暖有爱的大家庭！彼此肯定、互相包容、互相帮助，才能相处得如此融洽。"

我问丽丽："你们是否愿意让我为你们拍下这个珍贵的时

刻呢？"丽丽和阿姨相视一笑，毫不犹豫地答应了。于是，我拿起手机，定格了这个充满爱与温暖的瞬间。照片上，丽丽的脸上洋溢着幸福，姨妈的笑容中充满了慈爱和力量。

导乐陪伴接近4个小时，在等待新生命降生的过程中，我不断与丽丽交流，试图缓解她的紧张情绪。我向丽丽和阿姨分享了分娩及产后知识，包括母乳喂养的要点、科学坐月子的方法，以及转变为父母的角色后如何养育孩子等实用内容。

"对了，丽丽，你对于产后育儿有什么想法吗？"我试图转移她的注意力，让她放松下来。

"嗯，我想我会尽量照顾好他，给他足够的关爱。"丽丽声音中带着一丝不确定，"但我也有点担心，毕竟没有经验。"

"别担心，育儿是一个学习的过程。"我鼓励她，"你可以阅读一些育儿书籍，参加一些育儿课程，也可以向有经验的妈妈请教。相信你会做得很好的。"

我继续说道："还有，丽丽，你知道吗？养育孩子不仅仅是满足他的生理需求，更重要的是给予他心理支持。比如，当孩子哭泣时，要及时回应，除了确保他吃饱喝足，还要关注他的心理健康。"

"从今以后，你就是一位母亲，母亲的情绪对孩子的影响很大。"我温柔地看着她，"你要尽量保持情绪的平和，为孩子树立一个好榜样。"

"嗯，我明白的。"丽丽点点头，"我妈妈就很强势，也很啰唆，我不想像她那样。"

"你的妈妈已经在她的能力范围内，为你做到了最好。相信你经历这次顺产，在未来带孩子的时候，会更加理解你母亲的不易。"

听到这番话，丽丽的眼眶湿润了，她感慨地说，顺产真的是一件不容易的事情。我轻声安慰她，并告诉她，我们应该感谢孩子，是他们让我们有机会体验怀孕、分娩，成为一位伟大的母亲。未来，在养育孩子的过程中，我们还将获得精神上的再次成长。

由于丽丽选择了无痛分娩，她在整个分娩过程中没有感受到明显的疼痛。在家人的陪伴和专业人士的帮助下，她顺利地度过了这个关键时刻。

分娩，不仅仅是一个生理过程，更是一段情感的旅程。而陪产，无论是丈夫还是其他家属，都能在很大程度上促进家庭关系的融洽，增进家庭成员间的情感。

在门诊时，常有家属询问导乐服务中是否包括按摩。我想，以后我会这样回答：家属在产妇分娩时的按摩不仅仅是一种身体上的舒缓，更是一种爱的传递。这种亲密的接触和关爱，能让产妇的内心充满力量，让她能更加勇敢、坚强地面对分娩的挑战。

〔知识链接〕

在刘兴会教授等主编的《助产》一书中这样形容助产士：助产士的职责已经扩展到全生命周期的生殖健康服务、健康咨询和教育领域。同时，助产士也承担起教育者、管理者和研究者的角色。

导乐的核心在于提供精神上的陪伴。产妇需要的是心理上的帮助，而非急于干预产程。

在母胎安全的情况下，我们始终遵循人类分娩的本能，践行温柔分娩的理念，让分娩自然完成！

倾听是心灵之花

凌晨，转诊来了一位先兆流产的孕妇，小何，39岁，孕4产1。目前，孕25^{+6}周。小何的孕育之路并不平坦，她曾接受过胚胎移植术，也因宫颈机能不全进行过宫颈环扎，目前已拆线，并且还患有多囊卵巢综合征。

在办理入院手续时，家属就表现出急躁和不耐烦："我不想听这些不重要的，我们现在就想见医生，直接给我们把医生叫来！告诉我们怎么办。"

值夜班的医护人员早已习惯了这种场面，也理解家属是因为紧张和不知所措而控制不住急躁的心情。在这种时刻，如果我们的情绪被牵动，语气也是一样急冲的话，局面可能会变得更加僵持。我耐心地安抚他们："我知道你们很担心、很着急，想尽快得到治疗，医生正在详细查看病历，了解你太太的病情，会为你们提供最合适的治疗方案。"

然而，小何本人却显得异常沉默。面对医生的询问，她只以简单的"嗯""是""对""没"回应。我察觉到她的情绪很是沮丧，拉着她的手，温柔且坚定地告诉她："别怕，有我们在呢。"

根据宫缩强度和宫口情况，我们判断小何已经临产。在准备抽血和打留置针时，我看到她的左手紧紧抓着被角，显然非常紧张。

"平时很害怕打针抽血吗？是不是很疼？"我轻声问道。

她的声音带着自责："我这几年经常打针，我不害怕这些，是我自己的问题。"

我继续询问："我看你一直很紧张，是有宫缩痛了吗？还是在担心宝宝的情况？"

小何的眼泪在眼眶中打转："我这次怀孕本来很顺利的，但不知道为什么，宫口突然就开了。我很害怕宝宝又保不住，是我不好。"

我安慰她："你已经转诊到我们这里来了，就要相信我们的医护人员。像你这种情况在我们医院产科是比较常见的，而且我们的新生儿科很厉害，有很多成功的案例。一会儿就有新生儿科医生过来，详细跟你讲解病情，商量治疗方案，所以你不必太担心，有什么疑问他们都会一一解答的。"

　　她显然还是没有信心："我是相信你们的，但我不相信自己。我还是害怕。我一直没感觉到宫缩，但是有很多分泌物。我去医院一查就说宫口开了，要把环扎线拆掉。之前的医院说我的宫颈没法支持这么小的孩子，叫我们转上来。你说，我这次怀孕是不是又保不住了？"

　　我连忙说道："你为这次怀孕付出了很多，做了试管和环扎。面对宫口突然打开，你害怕是正常的。你先不要多想，深呼吸，调整好心态，我们医护人员会和你一起解决，好吗？"

　　小何泪眼婆娑："我想再有一个孩子怎么就这么难呢？这是我第三次做试管了，我年龄也这么大了。要是这次还没有宝宝，我也没有勇气再继续做试管了。我该怎么办啊？"

　　她止不住地哭泣起来，我迅速抽了张纸巾，帮她擦掉眼泪，试图给她一些安抚："别怕，如果你愿意的话，我可以陪你聊聊天，说说话，这样你就不那么紧张了。"

　　她哽咽着向我倾诉她心中的痛："以前，我也是一个妈妈，但我不是一个合格的妈妈。他小学时跟同学出去游泳，结果……结果就溺水了，没了。"

　　我听到这里，心中一阵揪痛，轻声问道："那你当时是什么感受？"

　　她痛苦地回答："人世间最悲痛的事，莫过于一位母亲失去自己的孩子。这种痛苦没人可以理解，也没有办法去缓解。我整个人都陷入了万劫不复的境地。我无法原谅自己，家人们也沉浸在悲伤里，都不敢再提起这件事情。朋友们可能也听烦了我的苦水，我不知道该怎样排解心中的苦楚。"

我深吸一口气，说："我知道那段时间对你来说一定很难熬。你肯定也试了很多方法让自己慢慢走出来吧？"

她点点头，继续说道："我的孩子离开后，我的心好像空了。我整天以泪洗面，陷入了深深的自责之中。我不停地问自己，我为什么没有看好他？我感觉自己不是一个称职的母亲，才导致孩子没了！虽然家里人从来没有怪我，为了让我走出来，他们一直鼓励我、安慰我。我老公也经常带我出去散心，就是让我尽量不去想那些不好的回忆。他为了照顾我的情绪，一直全身心地陪着我，让我做自己喜欢的事情。我知道，失去孩子，他们也同样痛苦。"

她擦了擦眼泪，继续说道："后来，为了家人，我自己也慢慢想通了。我不能再继续消沉下去，为了我的家人，我也要振作起来。"

我回应道："刚才在门口，你老公就很紧张、很着急，看得出来他很疼爱你，很担心你。"

我以一种温和的方式，试图引导她看到事情的另一面："那你觉得现在这个状态对你接下来的病情发展是不是只有坏处，没有好处？我们是不是应该试着乐观一些，勇敢一些，积极面对挑战，和我们医护人员一起努力解决问题呢？"

她沉思片刻后说道："是啊，我知道现在的我很悲观，总是忍不住把事情往最坏的结局想。我也想努力让自己变得乐观一点。但第一个孩子的离去，加上几次试管的失败，一次次的失去对我和家人的影响太深了。我害怕，如果我满怀希望，最后却还是失望，那种痛苦会更加难以承受。"

我继续问道："你认为做试管给你和你的家人带来了哪些影响？"

她叹息道："每一次试管都带着全家人的期待，我们对宝宝倾注了很多心血和精力，差不多掏空了家底。每次失去孩子后，我们家的气氛都变得低沉。我整天以泪洗面，我老公原本是个开朗的人，因为这件事也变得沉默寡言，好像再没有开心过、笑过！但这些经历，也让我感受到了家人对我的爱。他们一直在我的身边陪着我，默默给我鼓励和支持。为了让我安心养身体，不让我操劳，我老公从不让我做家务活，都是他一个人包了。家人对我的照顾更是无微不至，让我慢慢恢复健康。我知道我老公很喜欢小孩子，我不想让他失望。不管这条路有多么艰难，我也要走下去！"

我感慨地说道："你看你这么有决心，之前也那么坚强。而且这一路走来特别不容易，你真的非常勇敢！这个宝宝好不容易才来到你们的身边，我们应该看到积极的一面。你不要给自己太大压力，要相信你自己。"

她的眼神中流露出感激之情，回复道："谢谢你一直在我身边陪伴我，听我说完埋藏在心底这么久的事情。讲完之后，我好像也舒服了许多。我也明白无论前方有多困难，我也得坚持下去！为了我自己，也为了一直照顾我的家人。"

小何现在仍然没有感受到宫缩的疼痛，只是有腹部收紧的异样感觉，所以我们选择继续观察。她显得有些焦虑，双手不自觉地紧握着。为了缓解她的紧张情绪，我们建议家属陪产，为她提供家庭支持和情感上的慰藉。这让小何的焦虑情绪得到了很大的缓解，她的脸上逐渐恢复了些许血色。

第二天清晨，来自小何病房的铃声急促地响起，家属困倦的声音中带着一丝惊慌："有水流出来，好像是羊水破了。"我们立刻跑进病房，经过检查确认，小何的羊水确实已经破了，宫口也已经完全打开。此时的小何有强烈的便意感，特别想用力。我们迅速准备接生工作，并联系了新生儿科。

小何的宝宝属于早产儿，体重较轻，经过几次用力后便顺利出生了，随后立即被送往新生儿科进行进一步观察。小何的情况也良好，会阴完整。

接生工作结束后，我再次走到小何的床边，她眼圈通红，哽咽着对我说："我的宝宝还那么小，一出生就住进了保温箱。他在那个陌生的环境里，一定很害怕。我看不到他，不知道他在里面到底是什么情况。我很担心他，他饿了怎么办？他哭了怎么办？会不会没有人管他？"

看着眼前这位妈妈手足无措的样子，我轻轻握住小何的手，安慰她："小何，你刚生产完，身体还在恢复中，咱们先稳定情绪。你早上还没吃饭吧？先吃点东西，休息一下。我们要先照顾好自己，才能有精力照顾宝宝。"

我顿了顿，继续说："小何，现在宝宝还小，如果不去新生儿科，你是没有办法照顾他的，你也会不放心，对吧？你不用担心，新生儿科会有专业的医护团队来照护宝宝，你也要相信宝宝会和你一样坚强。等宝宝一切平稳后，就可以回家和你相聚了。"

小何听了我的话，脸上仍然难掩担忧。"我也知道你们一直都尽心尽力，我也能理解你说的宝宝会有人照顾。但是不知道为什么，我总觉得宝宝这么早就出生了，又不在我身边，心里总是空落落的。"

我对她笑了笑："肯定呀。宝宝在你肚子里住了这么久，你们之间已经有了深厚的感情。现在突然要和宝宝暂时分开，你肯定会舍不得，这是人之常情。但是咱们要先调整好自己的状态，等身体恢复好了，才能更好地去照顾宝宝，对吗？等你休息好了，我们可以去新生儿科探望宝宝。一切都会慢慢好起来的。"在我的安慰下，小何的情绪逐渐平复下来，她用力地点了点头。

产后两小时，我正准备送小何去病房。她看着我，眼中充满了感激："这次真的要特别感谢你。你一直在听我说话，这些话说出来让我心里轻松好多。要是没有你的安慰和鼓励，我可能会一直沉浸在悲伤中，什么坏的结果都想过了，那时候真的感觉像天塌下来了一样，但现在看来，没有什么是过不去的。实在是太感谢你了。"

听着小何发自内心的感慨，我心中也涌起了一股暖流。尽管又是一个通宵未眠的夜晚，但在这一刻，我感到无比的开心和满足。

在新生儿重症监护室全体医护人员的细心呵护和家属的极力配合下，小何的宝宝一路"披荆斩棘"，经过80天，终于转入母婴同室病房，回到了妈妈的怀抱。

在医护人员的耐心指导下，小何学会了早产儿的护理知识。她用袋鼠式护理法，让宝宝在温暖的怀抱里日渐茁壮，顺利脱离呼吸支持和氧疗，自由畅快地呼吸空气。更令人欣慰的是，宝宝没有严重的颅内出血，各项身体指标也都恢复正常。出院的那天，宝宝体重达到4.13千克。当他们一家人终于迎来了回家团聚的日子，我们所有人的心中都充满了喜悦和祝福。

南丁格尔曾经这样说过："护理工作是平凡的，而护理人员需要用真诚的爱去抚平患者心灵的损伤，用火一样的热情点燃他们战胜疾病的勇气。"在产房的每一天，我们常会发现孕产妇深受负面情绪所困，她们紧张、恐惧、焦虑。这时候，一句轻柔的关怀，一次短暂的心灵慰藉，或者一次耐心的聆听，就能吹散她们心头的阴霾，给她们带去坚持的希望、分娩的信心和支持的力量。在这个过程中，助产士们也能看到自己的价值，收获满满的职业成就感，在温暖和感恩中汲取到继续前行的能量。

〔知识链接〕

倾听指专心地聆听对方的讲述，并展示出理解和关心的态度。在医护关系中，倾听非常重要，其作用主要体现在以下几个方面：

（1）建立信任和亲近感：通过倾听患者的讲述，医护人员能够更好地了解患者的需求，从而建立起良好的互动和合作关系。患者在感受到医护人员真切的关注和理解后，会更愿意与医护人员进行沟通和合作。

（2）促进治疗合作：倾听有助于医护人员获取患者的关键信息，包括病史、症状描述、病情变化等，从而更准确地了解患者的病情，更好地与患者达成共识，提供个性化的治疗方案，并促进患者主动配合治疗。

（3）提供情绪支持：倾听可以帮助患者表达自己的情绪和内心感受，从而得到情感上的支持和安慰。医护人员通过倾听患者的痛苦和困惑，能够更好地理解患者所面临的压力和挑战，提供积极的情绪支持。

2

爱在分娩中流动

一句温暖的话语，一个温柔的动作都能为产妇带来
力量和温暖。

重塑分娩记忆，升华分娩体验

有些产妇用"度秒如年，不堪回首"来形容宫缩的阵痛，对于每一位经历过分娩的女性来说，它都是一段刻骨铭心的记忆。而产妇小文，正面临着这样的挑战。

小文从下午开始有规律宫缩，经历了4个多小时的阵痛，她的宫口仅仅开大了2厘米。这时的她，已经疲惫不堪，呕吐，头晕，血压也开始升高。她紧握着我的手，请求我："我能不能无痛分娩？我快受不了了。"

自2019年国家卫生健康委员会建议各医院常规开展无痛分娩以来，产妇们早已习惯"麻醉"，并对无痛分娩抱以很大的期待。

然而，麻醉医生在仔细评估了她的病情后，却给出了一个令人失望的答案：由于她停用抗凝药还不到24小时，暂时无法进行无痛分娩。

接下来的产程对于小文来说，是一场对身心的严峻考验！

每一次宫缩都像无情的浪潮，一次次地冲击着小文的意志。我和其他医护人员一直守护在她身边，为她提供必要的支持和帮助。

在宫缩的间歇期，我为小文讲解了产程的知识和减痛的方法，鼓励她用呼吸法放松身体、缓解焦虑，给她补液，使用哌替啶镇痛。在经过一段时间的休息和调整后，她开始能够少量多次地摄入一些流质食物，这为她接下来的战斗储备了能量。

医护人员的关怀和鼓励让小文的心情放松了不少，明显提高了她对疼痛的耐受能力。原本升高的血压也慢慢回落到了正常水平。然而，产程的进展并不如我们期望的那么顺利。

几个小时后，我们发现小文的产程进展缓慢，需要滴注缩宫素。在药物的作用下，子宫收缩逐渐变得有力而规律。但这也意味着小文将面临更强烈的宫缩疼痛。

每一次宫缩对她来说都像在"受刑"一般。特别是腰骶部的疼痛，更是让她难以忍受。于是，我和她妈妈轮流为她按摩腰骶部，希望能为她减轻一些痛苦。

宫缩越来越频繁，阵痛一次次地挑战小文耐受的极限。看到她痛苦的样子，我再次走到她的床边，用坚定的语气对她说："小文，你真的很棒！每一次宫缩都是你和宝宝共同努力的见证。深呼吸，放松身体，我相信你能坚持下去。"我带领她一起深呼吸，鼓励她、支持她，每一次宫缩后都表扬她，为她喝彩！她的努力和付出被我看见并肯定后，小文重获信心，再次勇敢面对宫缩的疼痛。

此时，小文的家人也齐聚在产房门口为她加油打气。她的父母从东莞匆匆赶来，而远在河南的公婆立即坐飞机赶来支持。她的丈夫也正在出差途中紧急赶回。我告诉小文，她是被爱的，她有一个幸福的大家庭，一定要坚持下去！

我一边扶着她站立起来，采取自由体位帮助胎儿下降，一边对她说："小文，你是最棒的妈妈！我们的每一次宫缩都是原始的产力，它是来帮助你打开生产的大门，每经历一次宫缩，宫口就会开大一点点，宝宝的头就会往下降一点点；宫缩还在给宝宝做全身按摩，宫缩时宝宝的头部神经及全身皮肤都会得到挤压，会让宝宝出生后感觉统合更好！

"经过阵痛的宫缩，产后会减少出血的风险。

"你这一胎来之不易，但是你又是多么幸运，现在还在生殖科看不孕、准备做试管的夫妇多羡慕你有一个足月健康的宝宝啊！你现在经历的痛，是她们一辈子都梦寐以求的痛！

"虽然宫缩确实很痛，但痛并幸福着！疼痛之后就可以见到你的宝宝，这是多么值得并有意义的痛！你想象一下宝宝出生后可爱的样子，你们一家人因为宝宝的到来，成为一个更完整幸福的家庭！

"在宫缩的时候，你可以深呼吸，闭上眼睛，想象这个温馨的画面！"

当我说完这些，小文拉住我的手说："助产士姐姐，你能不能不要走？我知道你很忙，但有你在，我就有信心，你能在这里陪着我吗？"

我微笑着点头，紧紧握住她的手，抚摸她的额头，指导她呼吸，为她擦汗。

临近夜里12点，当我的晚班结束时，小文的宫口仍未开全。我交完班后，走到她的床前轻声说："小文，你是最棒的妈妈，好好加油，争取自己生，等你生完了，明天晚上我上夜班的时候去看你！"

小文和她的妈妈非常真诚地对我说："谢谢你，陈医生！"

第二天上午，我在家里远程查看了小文的病历，遗憾的是，小文最后因"胎儿窘迫"顺产转为剖宫产。

此刻的小文，是否正在自责没有坚持顺产？是否觉得愧对了家人的期望？她会不会担心日后家人对她的看法有所改变？会不会有挫败感？

在助产士门诊咨询时，我曾听过许多经历了顺转剖的妈妈们吐露心声。她们在产后很长一段时间里都会陷入这样的思考和挣扎。

晚上的大夜班之前，我决定再去看看小文。虽然大夜班是一个无法安眠的通宵班，从深夜12点一直到早上8点，但我更关心的是小文对此次分娩的感受。如果有一些负面记忆，我想用专业知识给她解惑，帮她重塑分娩记忆，让她不会因为顺转剖而产生过多的负面情绪，她应该为自己勇敢坚持的十几个小时而感到骄傲！

真正的助产工作，不仅仅是保障分娩安全，更是陪伴产妇走过心灵成长之路，升华对母亲身份的认知。同时我也要告诉她和她的家人，小文已经尽力了，在没打无痛的情况下，忍受并坚持了十多个小时的宫缩痛，是我见过最坚强的妈妈！

我走到小文的床边，向她热情地打招呼："小文，恭喜你升级啦！我是产房的助产士……"未等我说完，小文激动地回应："我知道，我知道。"我握住小文的手，再次真诚地对她说："恭喜你，终于生了！"

小文没想到我会特意来看她，高兴得眼含泪水。

"谢谢你还来看我，"她有些哽咽地说道，"对不起，我最后还是剖了。但是我已经尽力了，我真的尽力了，我觉得那已经是我的极限。"

我坐在她的床边，微笑着安慰她："你已经做得很好了。"

小文懊恼地说："剖就剖了，我现在术后也没什么，早知道这样就应该第一时间剖，现在倒好，两边的痛都受了，最后还挨了一大刀，医生给我做了竖切口，宝宝的头都被我挤得变形了，还有一个小产瘤，医生说要过几天才会消，这不要紧吧？"

我回答道："这个不要紧，试产过程中宝宝的头为了适应产道，会适当变形，很多顺产的宝宝或多或少都会有产瘤，慢慢就会消失，这是正常的。"

我继续开导她："既然剖了，就既来之则安之吧。试产的成功率本来就不是100%，像你这样顺转剖的妈妈也不少。产程本来就有很多不确定的因素，你已经努力过，这个过程就是人生最重要的经历，最终母子平安，证明这一切都是值得的，你已经很棒了！"

听我这样说，小文也释然了："我也是这样认为的，我尽力了就好，能不能生出来也不是我能决定的。听到你的鼓励，我觉得很安慰，谢谢你！"

看到小文放松了不少，我继续顺着小文的话说道："小文，每位经历了顺转剖的妈妈都是了不起的妈妈，正如你说的，顺产和剖宫产两边的痛都受了，这太不容易了。现代医学发明了剖宫产，帮助无数女性解决了难产的问题，母婴健康也得到了提升，这得感谢祖国繁荣昌盛带来的福利呢。如果我们早生100年，都没有这个待遇，最后什么结局都不知道呢。"小文也不无感慨地笑着说："是啊，幸亏我们生长在和平年代，医学发达了，谢谢你们医生、护士救了我和宝宝。"

"这是我们的工作，是应该的。谢谢你的理解，你在孕期到助产士门诊咨询的时候，我就跟你讲过顺产和剖宫产的利弊，还记得吧。顺转剖虽然对妈妈来说比较辛苦，但顺产的很多好处，比如产道对宝宝胎头的挤压、宫缩对宝宝消化道和呼吸道的挤压，都对宝宝的健康有益。特别是产道里的菌群对宝宝来说，就是来到这世上的第一桶金，它会帮助宝宝提升抵抗力和免疫力。另外，对于你来说，进入产程后你的子宫下段因宫缩拉长变薄了，这样手术切口在恢复后会更小，加上自然的宫缩，产后你的子宫收缩更好，产后出血也会更少呢。这些好处都是有科学依据的，所以说人生走的每一步都算数，你的努力没有白费，你是最棒的！"

小文听到这些后完全坦然了，脸上洋溢起幸福的微笑："原来我也没有白痛啊，我已经为宝宝做了这么多，还差点怪自己生不出来呢！"

这时小文的丈夫走进房间，我正想自我介绍。小文抢着对他说："老公，这就是在产房陪我经历一切的助产士。昨天晚上要不是有她，我都坚持不下去了。"

听到小文的高度评价，我的内心有些惊讶。实际上，昨晚的工作相当繁忙，我接生了好几个宝宝。虽然其间我多次去看小文，但都是处理产程的工作细节，真正陪她、安抚她的情绪的时间，其实只是下班前的那20分钟。然而，在小文心里，我就是陪她经历一切的人，那短短的20分钟陪伴，对她来说有多重要！

我的访视勾起了小文的心事，她开始向我倾诉自己怀上这个宝宝有多么不容易。她告诉我，为了要个孩子，她看了好几年的不孕症，其间做了1次腹腔镜，3次宫腔镜，2次促排卵治疗，甚至还尝试了2次试管婴儿。上一次怀上了，但胎儿停育，不得不进行流产和清宫。因此，这个宝宝的到来对她来说无疑是巨大的幸运。在这漫长的求子之路上，她总共打了500多针的肝素，身心都经受了巨大的痛苦。

"小文，你真的不容易啊！你真的很坚强！你的努力和付出终于得到了回报，现在母子平安，你的一切艰辛都是值得的。剖宫产和顺产各有利弊，只要是适合自己的分娩方式，都是最好的。最后剖了，也是上天最好的安排。"我抚摸着她的肩膀，"分娩对你来说是怀孕的结束，但对宝宝来说，是新生的开始。以后你还要用心抚育和陪伴他，宝宝就是你这一生最甜蜜的负担，我相信你一定会做一个好妈妈，好好爱自己，爱宝宝！"

说完，我转过身来，看向小文的丈夫："先生是什么时候赶到医院的呢？有没有见证宝宝的出生？"

小文的丈夫立刻滔滔不绝地向我描述他昨晚的心情："昨晚我赶到医院时，正好医生决定准备给小文做剖宫产。我一到产房就被医生拉去术前谈话、签字。过了1个多小时，等到助产士把宝宝从手术室里推出来，我都没有心思看宝宝，我很愧疚没有陪伴老婆在产房待产，很担心老婆手术是否顺利。

"当麻醉医生和我谈论麻醉风险的时候，我很后悔在手术同意书上签字，原来麻醉风险这么高，我当时还想是不是应该再把我老婆从手术室拉出来继续顺产呢？还好，医生们的医疗水平都很高，手术很顺利，麻醉效果也很好，今天也不怎么疼，谢谢你们，还好选择了你们医院。"

听到小文丈夫的这番话，我趁机对小文说："你看，你老公多爱你，多心疼你呀，你们一家人如此和睦，我都被你们感动了！"小文的丈夫也感慨地说起，家里人都非常支持他们，全部都飞回来了。本来以为她可能会下周才生，没想到宝宝提前"跑"出来了。还好他及时赶回来，确认签字的那一刻，瞬间感觉到巨大的压力，老婆和宝宝的生命都托付给了自己。最后，他对小文说："老婆，你辛苦啦！我和儿子将来都爱你，这个世界又多了一个男人爱你！"

听到他风趣幽默地表白，我们都笑了，我说："小文，我好羡慕你呢！经历过这一关，你们从此就是生死之交了，以后要彼此好好珍惜，共同爱宝宝！"

小文的丈夫也深情地回应："以后咱俩就是生死之交的战友，也是共同抚养宝宝的盟友！"

之后，我耐心地为小文和她的丈夫解答了一些术后护理的问题，退出病房后，已经帮助小文打开心结的我迈着轻松的步伐。尽管接下来我只能休息半个多小时，又要开始忙碌的夜班，但身为一名助产士，我为自己的使命感到骄傲和自豪。

其实，我的工作并不只是"接生"，也会关注产妇、丈夫和新生儿的心理状态。如果说医疗技术为产妇解决了分娩过程中看得见的困难，确保了身体安全，那么人文关怀和心理学则帮助她们走出了看不见的心理困境，让产妇抛下孕期和分娩的心理包袱，以全新的父母视角和身份去迎接生活，更快地适应新的角色和挑战。

〔知识链接〕

顺产与剖宫产的优缺点对比

	顺产	剖宫产
优点	1. 产后恢复快：顺产是一种自然的分娩方式，对产妇的身体损伤相对较小，因此产后恢复速度通常较快。 2. 胎儿受益：胎儿经过产道的挤压，有利于呼吸道内分泌物的排出，降低新生儿肺炎、呼吸窘迫等发生风险	1. 安全性：对于骨盆狭窄，胎位不正，妊娠合并有严重疾病不能顺产的孕妇，剖宫产是一种相对安全的分娩方式，能够降低分娩风险。 2. 出现胎盘早剥、脐带脱垂、胎心持续减速且不能恢复等紧急情况时，行剖宫产可以挽救生命
缺点	1. 疼痛：顺产过程中的疼痛通常较剧烈，对产妇来说是一个巨大的考验。 2. 盆底肌负担：顺产可能导致母体盆底肌负担增大，产后可能出现盆底肌、阴道壁松弛等情况。 3. 分娩风险：在顺产过程中，孩子或产妇可能会受到一些不必要的伤害，如阴道撕裂、产道损伤、骨盆骨折等。此外，顺产也有可能导致分娩困难、胎儿窘迫和其他一些严重并发症的发生	1. 手术风险：剖宫产属于手术，因此存在出血、感染等并发症的风险。 2. 恢复慢：相比顺产，剖宫产的术后恢复速度较慢，需要更长时间的休养和康复。 3. 远期影响：剖宫产术后可能存在伤口愈合、子宫瘢痕愈合等问题，对产妇的远期健康可能产生一定影响。 4. 剖宫产再次妊娠容易发生胎盘植入等并发症

粉色的彩虹

"啊！啊！啊！好痛啊！"待产室里，时不时传来声嘶力竭的叫喊声，我心中不禁犯起了嘀咕："谁啊？这么痛吗？"带着满心的疑惑，我顺着声音的方向，想找到那个声音的源头。

穿过窄窄长长的走廊，只见病床上一位孕妇在不停地翻转、叫喊着，她头发凌乱、大汗淋漓、泣不成声，双手紧紧地抓着床沿。

这位孕妇名叫丽君，时年39岁，已经是位二胎妈妈。如今是她第五次怀孕，孕38^{+6}周，因瘢痕子宫入院，等待行剖宫产术。

看着丽君那痛苦的模样，我忍不住伸出手，轻轻地抚摸着她的腹部，问道："丽君，你痛得很厉害是吗？"

丽君毫无理智般地把头侧了过去，充满怨恨似的用力推开我的手："啊！不要碰我，我痛，我好痛！"她的泪水在眼眶里不停地打转。

我的心猛地被触动，突然想起自己每月一次的煎熬，我急忙回应道："别害怕，让我来帮助你，相信我好吗？"

"求求你了！"她的声音带着哭腔，满含泪水的眼睛望向了我，似乎抓到了一根稻草。那双泪眼，让我毕生难以忘怀。我才发现，原来一位母亲也可以是一个怕痛的女孩！

"丽君，听我说，你现在最重要的就是不要再哭了，也别再喊了，因为那样会让小宝宝缺氧，而且会消耗掉你的体力。现在呢，你每次宫缩时试着跟我一起做深慢呼吸，慢慢地，鼻子吸气，嘴巴吐气……嗯，对啦，就是这样，你做得很棒，我们继续。"

在我的引导下，丽君噙着泪水开始跟着我一起做深慢呼吸。她渐渐地镇定了下来，随后我得知她还进行了一些非药物镇痛的方法缓解疼痛。

看到丽君逐渐平静下来，我便以为她已经好了。可是，那些泪水依然在她的脸上流淌着，那不断颤抖的身躯似乎在诉说无人能懂的哀伤。

我心中涌起一股莫名的焦虑，她的痛苦似乎并未因为表面的平静而有所减轻。她怎么了？她到底怎么了？要是我能读懂她，那该多好呢！

　　措手不及的我笨拙地为她擦掉肆虐的泪水，小心翼翼问道："丽君，你怎么了，是不舒服或者有什么心事吗？不介意的话，可以告诉我吗？我能为你做些什么呢？"

　　她的双手使劲攥紧我的手，仿佛在寻找一种支撑："我生第一胎时就好紧张，心率都飙升到近200了，宝宝的胎心更是跳到180，结果宝宝窒息去了儿科，住院好久。万一这次也……"

　　我轻声安慰她："你是在担心宝宝会再次发生窒息的情况吗？胎心反映了宝宝在宫内的健康状况，我们也一直在关注着你的胎心监护情况，医生会尽快给你安排手术，请相信我们好吗？"

　　然而，丽君的脸上依然带着深深的担忧，她有什么难言之隐吗？

　　我继续和她聊天，原来丽君的第一个宝宝出生后出现窒息，让她很是害怕和担心。所以第二胎试产发现胎心不好时，她果断选择了手术。然而，因为瘢痕体质，原本一条整齐的伤口逐渐变得又大又丑，她甚至不敢直视自己的肚子，开始变得自卑、无助。

　　我试着引导她表达自己的感受："你可以形容一下你的疤痕或者你现在的心情吗？"

　　丽君眼眶微红："刚出院那会儿，伤口还很平整，别人都夸我的伤口很完美，可现在变得这么难看，一点都不完美了！这次手术后，这个疤肯定会变得更丑……我怎么见人啊？"

我握住她的手："可我觉得这是一个爱的烙印啊，它记录了你对孩子的爱和付出。每当你为他们付出，它就会变大、变深，最后形成了一道粉色的彩虹，一道只有你和爱你的人才能欣赏到的彩虹。而且，谁会笑话一位伟大的母亲呢？"

丽君听了我的话，摸了摸肚子，露出了笑容："哈哈，是嘛！这么一想，我突然觉得它还真像一道粉色的彩虹呢。"

我紧握着她的手："对啊，这多神奇啊。你想，这道彩虹随着你的孩子一起进入了你的生活，见证着你们的幸福日子。"

为了转移注意力，我又问起了她的两个孩子。一说起孩子，丽君顿时侃侃而谈。愁云密布的脸多了一抹甜蜜。也许这就是母爱的力量吧！

我陪着她来到手术室，丽君突然转头对我说："我现在没那么害怕了，真的很谢谢你！"丽君欣然地笑了，她那根紧绷的弦终于放松了下来。最后，她顺利地诞下了她的第3个宝宝——一个可爱的小女孩，产后母女平安。

这是我第一次运用叙事护理去解决工作中的难题，并且成功地帮助到了丽君。作为她故事的见证人，我备感欣慰。一开始，我害怕自己能力不足，想要触碰却不知从何着手。幸运的是，我想到了叙事护理，认真去聆听她的故事，读懂她内心的恐惧，给她心灵上的安抚。

作为一名助产士，我愿做一个逗号，待在你的身边，续写我们的故事。

〔知识链接〕

剖宫产术后注意事项

（1）术后6小时内：去枕平卧，腹部（子宫下段）压沙袋。

（2）术后6小时内家属支持：按摩双下肢，被动运动，协助母乳喂养。

（3）术后6小时后：多按摩子宫，勤翻身，促进早排气，减少盆腹腔粘连。

（4）术后禁饮2小时，禁食6小时后予半流质、易消化饮食，如稀饭、小馒头、细面条、馄饨、肉末粥、菜末粥、皮蛋粥、鸡末粥、面包、蛋糕、饼干、水果、营养制剂等。禁糖、奶、豆浆等易引起胀气的食物。产妇肛门排气后可以进食普通饮食。

（5）预防静脉血栓栓塞等并发症：术后第一天拔除尿管，尽早下床活动，多喝水，多活动。

（6）预防胃肠胀气等并发症：适量运动（床上、床下均可），注意调整饮食，排气后予半流质食物，大便后予普通饮食。

（7）预防奶涨：产后2～7天生理性奶涨，每天哺乳8～12次，乳汁过多时及时将奶挤出，避免过度饮汤水。

（8）预防感染：术后恶露较顺产偏多，护理方法同月经期，保持会阴部清洁，勤换卫生巾（不要超过4小时更换），勤换内裤等。

（9）预防产后抑郁：注意情绪管理，多与亲人或好友交流，多与宝宝交流，与宝宝同步睡眠，避免过度劳累。

（10）个人卫生同坐月子：术后早晚刷牙，饭后漱口，擦浴。

（11）需要拆线的伤口：①横切口，5～7天，肥胖者7天。②竖切口，7～10天。拆线后，医生会在伤口处敷上纱布敷料，出院之后，敷料保持干洁，不需要更换。1周后可撕掉敷料，直接进行淋浴。

（12）促进产后康复：多活动，如进行凯格尔运动（重复缩放部分骨盆肌肉，最初可以尝试坚持收缩肌肉5秒，再放松5秒，重复4～5次，之后逐渐延长至收缩10秒，再放松10秒，重复10次以上，每日3组），产后42天到产科门诊进行产后复查。术后3～4个月无不适，可健身。

（13）术后避孕：产后42天内避免性生活，避孕措施首选安全套，42天回院复查。再次怀孕间隔至少18个月。

让爱连接全世界

如果给所有的疼痛排名，那么分娩时的疼痛无疑排在第一位。在产房时，我每天都能看到很多准妈妈忍受着这种强烈的疼痛，而我所能做的就是尽我最大努力去安慰、陪伴她们，希望能为她们减轻一些痛苦。在不断地工作中，我总结出了"黄金10分钟"，只需10分钟，基本上能让近乎崩溃的产妇恢复理智。

就在昨夜，一位外国友人因为分娩来到了我们医院。她大声叫喊着，宫口只开了1厘米。然而由于语言障碍，我们根本无法直接与她沟通，更不用说进行情感上的疏导。

刚开始，我有些犹豫，甚至想过放弃，但看着她痛苦地扭动着身体，几乎无法自控，要从床上摔下来，听着她愈发强烈的呼喊，我决定尽我所能地去帮助她。

我鼓起勇气，走到她的身边，开始为她擦去汗水，将水杯递到她的嘴边。她慢慢地喝下了一些水，脸上的表情稍微舒缓了一些。接着，我轻轻地抚摸着她的背部和手臂，试图传递一些安慰。当她感到疼痛时，我为她示范了正确的呼吸方式，并用简单的英语对她说"like this"，她尝试着模仿我，我鼓励道："Good！"并为她竖起了大拇指。她逐渐平静了下来，但还未达到我期望的配合程度。

此时，她不愿继续躺在床上，我便让她下床坐着。痛起来的时候，她仍难受得摇头晃脑，那一刻我有些怀疑，或许这位产妇是个例外，我搞不定她。

尽管语言沟通存在障碍，但我没有放弃，我相信肢体语言是无国界的。于是我在她痛苦的时候，站立着将她紧紧抱在怀中，这种亲密的肢体语言交流逐渐产生了效果，经过几次之后，产妇越来越配合，情绪也变得越来越平静。我喂她喝水，为她按摩疼痛的腰背部。

趁着情况有所好转，我赶忙找来一位同事，用英语为我们翻译，我告诉这位外国友人准妈妈："你的身体这么紧张，就像我这个拳头一样，那全身的血管都会收缩，供给宝宝的血流和氧气就会减少，所以你要放松。再者就是肌肉紧张，不利于宫口的扩张。"

她点点头说："原来这样啊！那我要尽量放松。"

我继续请同事翻译："你是第一胎，不是宫口一开很快就可以生，也不是转入产房就可以生，现在宫口是开1厘米，到开3厘米一般需要8个小时，一般我们3~4个小时检查1次就可以了。"

她恍然大悟道："原来这样啊！我知道了。"

接下来我让产妇看着我，我来为她示范如何吸气、呼气。

我引导她进行想象：面前有一片你喜欢的花海，这片花海充满着你喜欢的花香。你深深吸气，把花香吸进去，再缓缓地吐出来。

她很开心，说这样呼吸时宫缩就没那么痛了。

我还对她说："你现在需要每隔两个小时进食流质食物1次，两个小时排空膀胱1次。进食不是因为肚子饿，而是为了更好地储备能量。两个小时小便1次是因为充盈的膀胱会在宫缩的时候增加疼痛，还会阻挡胎头下降。宫缩疼痛会导致感觉迟钝，极度充盈的膀胱有破裂的危险。"

这位外国友人说："我认为我们非常有必要在孕期学习这些分娩知识。其实我也非常希望自己能够坚强，坚持完成顺产。刚刚那样，是因为我不知道怎么去做。"

我为她竖起大拇指。

她入院时大概是早上5:40，直到早上8点交班，她再也没有发出过剧烈的呼喊。产程进展得非常顺利，当我们交完班时，她已经做好了生宝宝的准备。在这个特殊的过程中，一直由我和我的学生陪伴在她身边。

昨晚的夜班虽然身体上感到疲惫，但我的精神却充满了喜悦和成就感。因为这正是工作的意义，生命的价值！

〔知识链接〕

黄金10分钟

当产妇在产程中由于宫缩阵痛大声叫喊、发抖时，助产士可以这样做：

（1）表情：摘下口罩，面带微笑从容走过去。

（2）状态：情绪平和，从容淡定。

（3）身体语言：可以抚摸产妇的手臂或者肩膀，或者为产妇擦汗。

（4）询问：轻轻地询问产妇"感觉到很疼，对吗"，产妇一般会回答"是的，好痛"。这时候不要和沟通者有任何的对抗，不要说生孩子都是这样的。

（5）共情产妇：可以跟着产妇的感觉走，说"是的，我能理解，我也是顺产的，生孩子很疼，不容易。"

（6）肯定产妇：做妈妈非常伟大。你选择顺产非常的勇敢和坚强！我特别佩服顺产的妈妈。

（7）询问+确定：询问产妇，你知道宫口从1厘米到3厘米需要多久？宫口从3厘米到开全10厘米需要多久？开全到用力生出宝宝又要多久呢？

　　一般来说，这类产妇往往对产程知识了解不足，并对生产的期望值过高，才会在产程中大声喊叫。我们可以告诉她，从规律宫缩宫口开1厘米到3厘米大约需要8小时，3厘米到10厘米大约需要4小时，宫口开10厘米到生完宝宝需要3小时。而这只是教科书的平均值。放松、积极的人会更快。恐惧、害怕、感到痛苦的人会更慢。

　　（8）告知：因为恐惧、焦虑、痛苦，大脑会分泌一些不利于产程进展的激素，例如儿茶酚胺，这些激素会与宫缩素拮抗，从而让产程延长甚至停滞。如果心情愉悦、放松，有坚定的信心，则会分泌一些对产程有帮助的激素，例如多巴胺、去甲肾上腺素、内啡肽、催产素，从而加快产程。

相信胎儿，相信爱的力量

"助产士，你们赶紧准备手术，给她剖了吧，不要生了，太疼了！"产房外的走廊里，一名男士跑出来叫道。

"这不是3号产房的老公吗？又是一名'猪队友'。"我心里想着。

午夜12点，我刚刚接完班。交接班的时候他们什么也没说，这才过了十多分钟就开始吵闹。我今晚夜班，希望平平安安就好。

我快步走进3号产房，产妇小晴正坐在瑜伽球上，虽然进行了硬膜外麻醉（目前应用最广泛的无痛分娩方法），但她可能刚刚经历了一阵强烈的宫缩痛，看上去很疲惫。

我搬了个凳子坐在她身旁，与她平视，拉起她的手，关心地问她："小晴，你好，我是今晚值班的肖助产士。你现在感觉怎么样？肚子还疼吗？"说着，我轻轻按压了她的肚皮，检查宫缩情况。此时她应该是不疼的。

"刚刚疼了一阵，打了麻醉后很快就不怎么疼了，我睡着了一会儿，但又疼醒了，现在越来越疼，是不是麻药没有了，我想再加一点儿。"

"可以的，我帮你按一下镇痛泵。你的宫口已经开了5厘米，度过一半的产程了。等到开10厘米的时候就快要生了，现在你还需要继续等待，我们要有耐心静待花开。我再给你做个胎心监护，看看宝宝怎么样吧。"我安慰道。

小晴的丈夫站在她身后，迫不及待地说："小晴，我们还是别生了，剖了吧。"小晴头也不回，不想理他。看得出来，她还是想尝试自然分娩。

"小晴，你想自己生，我们就支持你，我刚给你检查过了，你前面的产程虽然进展较慢，但都在正常范围内，可以继续试产。"我抬起头看向她丈夫，"先生能不能不要太着急了。您心疼小晴，我明白，但小晴想自己生，您应该鼓励她、支持她。我来教您怎么帮她，请您配合一下好吗？"

在我的指导下，小晴的丈夫坐在她身后，开始给她按摩腰背。这时，外面的铃声响起，产房门口新来了一名急诊产妇。我让实习生继续守在小晴的身边，自己则迅速赶去处理急诊。

然而，10分钟后，当我正准备把新来的急诊产妇送到手术室进行剖宫产时，实习生过来告诉我，3号产房小晴的胎心比较快，一直在160~180次/分（正常胎心为110~160次/分）。

我迅速返回小晴的产房，果然胎心监护屏幕上显示，胎心在这10分钟里都比较快，好在宫缩还不错，胎心也没有减速。

"小晴，宝宝现在的胎心有点快，我叫刘医生过来看看吧，你先等一下，不要着急。"

刘医生很快赶来进行检查评估。此时，小晴的丈夫再次要求剖宫产，而小晴也开始动摇了，对我们说："医生、助产士，为了宝宝，我不怕疼，但宝宝胎心太快，是不是缺氧了？我想顺产又担心宝宝，要不还是剖了吧？"

刘医生耐心地解释道："小晴，你现在的产程还比较正常，只是胎心有点快，可以继续观察，我现在需要去做一台急诊剖宫产手术，你可以接台。"

"那接台需要多久？"小晴的丈夫急切地问。

"差不多两个小时吧，你现在的情况还可以观察。万一胎心不好，肖老师会立刻打电话给我，我帮你找上级医生过来处理。你们放心，我们的肖老师是老助产士了，非常有经验，接生技术和服务态度都非常好，有她守着你，我放心。说不定两小时后我回来你都生了，加油加油！"

刘医生走的时候，再次跟我交代了小晴的情况。说实话，刘医生离开后，我瞬间感觉到巨大的压力和责任。深夜里，我一个人在产房守着小晴，医生都去做手术了。小晴和她的丈夫虽然想剖宫产，但他们还摇摆不定，这种情况不可能半夜去请示主任。然而，这些内心的担忧和考量，我不能向小晴和她的丈夫透露，这是我们医护人员的值班安排。面对小晴，我要独自挑起大梁，如何让小晴和宝宝平安度过这两个小时，能否把宝宝的胎心降到正常，是我接下来的重要任务。

尽管内心倍感压力，但当我再次走进3号产房时，我仍保持着表面的镇定。

我已经有了明确的工作思路，我必须照护好小晴、她的丈夫，以及即将出生的宝宝，让他们不要左右摇摆，坚定信念朝着顺产的方向走。于是，我首先安抚了小晴和她丈夫的情绪，再手把手指导小晴的丈夫怎样照顾和支持小晴。有了我的全程陪伴，他们的心明显安定了下来。我让小晴的丈夫用手机给小晴和宝宝放一首让人放松的轻音乐，在轻松愉快的氛围中，我面对面地教小晴做深呼吸，同时让她的丈夫也参与进来，我们3个人保持着同频率的呼吸。

我指导小晴的丈夫将手放在她的肚子上，与宝宝建立联结。我问小晴，宝宝有没有小名，你们平时怎么叫他。说起宝宝，小晴一脸幸福："我们平时都叫他小龙包，本来想叫小包子的，今年属龙，正好就变成小龙包。"

我开始跟宝宝说话："小龙包，小龙包宝宝，我是助产士肖阿姨。你快要跟妈妈'退房'啦，快要出生啦。爸爸、妈妈和阿姨都在产房，等待你的到来哦。我们很期待你，相信你一定跟妈妈一样坚强，跟妈妈一样在努力，为自己的出生做准备。小龙包加油，小龙包是最棒的宝宝！"

说完，我看向小晴和她的丈夫，邀请他们也来跟宝宝说话："我已经做示范啦，现在该轮到你们俩啦，请你们俩继续跟宝宝说话，鼓励宝宝加油。爸爸先来吧，跟宝宝说说话。"

爸爸疑惑地看向我："可以吗？有用吗？他听得懂吗？"我用鼓励的眼神看向爸爸，说："你试试，你们俩都要跟宝宝说话，你看我刚刚说话的时候宝宝是不是有胎动啊，妈妈感觉到了吗？宝宝可以听得到的，相信你的宝宝。"

小晴说："肖老师的声音好听，刚刚你跟宝宝说话的时候，他真的有动。我平时做胎教的时候喊他，他也会动的。爸爸试一下。"说完她看向自己丈夫。

她的丈夫把手放在小晴肚子上开始抚摸，温柔地说："小龙包，爸爸在这里，爸爸在这里陪你和妈妈。刚刚助产士阿姨表扬你了，你好棒，我也相信你是最棒的宝宝，跟妈妈一样棒！妈妈已经痛了10个小时了，妈妈正在努力，小龙包也要努力，小龙包和妈妈共同努力，爸爸妈妈正在等待小龙包的到来。"

看到爸爸的转变，我赶紧表扬："爸爸说得太棒了！有优秀的爸爸妈妈，就会有优秀的宝宝。爸爸可以继续告诉小龙包，他的胎心有点快，让他把胎心慢下来。"

"这都可以吗？我试试。"爸爸得到我的鼓励，已经进入

"为爱发电"的状态了。他一只手抚摸着小晴的后背，一只手放在肚子上，继续跟宝宝对话："小龙包，你的胎心有点快，阿姨说你可以把胎心慢下来。小龙包，我们按照音乐的节奏，跟妈妈一起做深呼吸，我们让自己的心跳慢下来，宝宝平时心跳140次左右，跟平时一样就正常啦。小龙包，爸爸在这里，爸爸妈妈好期待你。"

"爸爸还会给自己加台词啊，爸爸的戏真多。小晴，我好羡慕你啊，你看你多幸福，虽然爸爸和宝宝不能替你疼，但他们都是支持你的，小晴也要加油！"我一边开玩笑一边鼓励着小晴。

小晴也笑了，看得出来她比刚刚放松很多，产房的气氛也轻松了很多。在宫缩的间歇期，我鼓励小晴在丈夫的带领下，在产房里漫步，我负责给他们拍照。我帮小晴整理了头发，丈夫帮她整理衣服，拍照需要微笑，还要配合各种动作摆姿势，我们其乐融融地拍照，恍惚间，小晴好像忘记了自己还在生孩子。

当宫缩再次来临的时候，小晴和她丈夫都自觉做起深呼吸，心情和身体的放松，让小晴感觉宫缩也没有那么痛了。他们翻看着一张张记录着宝宝出生前在妈妈肚子里最后的照片，感到无比珍贵。这些照片不仅带给小晴和她的丈夫满满的满足感，还让他们感受到了即将为人父母的神圣责任，脸上和内心都增添了一份自信。

随着小晴的放松，胎心也恢复了正常。1个多小时过去，小晴的宫缩越来越强。我一检查，发现宫口快开全了。

我赶紧让小晴的老公给她喂些水果和粥，又扶她去洗手间排尿。"折腾"了一会儿，我感觉差不多了，于是指导小晴躺在产床上，准备接生。

两个半小时后，就在刘医生完成剖宫产手术回到产房的时候，小晴的宝宝正好呱呱坠地。刘医生惊喜地说道："小晴，那么顺利啊，辛苦啦，你真棒！肖老师用了什么魔法，小晴这么快就生了！也不用等我了。"

"不是我的魔法。"我笑着回应道，"这都是爸爸的魔法。爸爸一直在帮助、鼓励小晴和小龙包，爸爸今天表现特别好，高质量陪伴妈妈和宝宝。"

我的夸赞让爸爸感到有些不好意思，他低头吻了一下小晴的额头。小晴闭上眼睛，此刻她的内心一定充满了幸福。

看到这一幕，我也很感动，我说：**"这是爱的魔法，爸爸爱妈妈，妈妈爱宝宝，爸爸妈妈一起爱宝宝。今天你们一家三口都特别棒，我'狗粮'都吃饱了，等会儿下夜班不用吃早餐，可以直接回家睡觉了。"**

你相信胎儿吗？

你相信爱的力量吗？

你会每天跟胎儿对话，跟胎儿建立联结和沟通吗？

我相信，每一位准爸爸、准妈妈都是爱宝宝的，都会愿意为宝宝做任何事。

小晴出院的那天，她特意找到我，向我表达了深深的感谢。她说："谢谢你，肖助产士，是你给了我信心和勇气，让我能够顺利生下宝宝。我老公也说特别感谢你，他在产房里陪我，看到我那么辛苦地生小龙包。这几天他对我特别好，甚至比怀孕的时候还要好。你不仅是我的助产士，也是我的朋友和家人。"

听着小晴的感谢，我感到无比感动和幸福。作为一名助产士，我的工作虽然辛苦，但能够带给产妇和宝宝健康和幸福，这就是我最大的价值所在。

我相信，在大家的共同努力下，我们一定能够守护好每一朵生命之花，让它们在爱的呵护下绽放出最美的光彩。

〔知识链接〕

胎教，就是在胎儿期进行的教育。它并非传统意义上的知识传授，而是通过调控孕妈妈的身心健康，为胎儿创造一个良好的内外生长环境。胎教不仅有助于胎儿的生理发育，更能够激发他们的潜能，提高他们的智力水平。

（1）音乐胎教：胎教方法中最为常见且易于实施的一种。

在选择音乐时，孕妈妈可以根据自己的喜好来选择一些轻柔、舒缓的乐曲。这些音乐不仅能让孕妈妈放松心情，还能通过声波传递给胎儿，刺激他们的听觉神经。

在播放音乐时，孕妈妈可以将扬声器放置在距离腹部适当的位置，让胎儿能够清晰地听到音乐。同时，孕妈妈也可以跟着音乐的节奏轻轻拍打或抚摸自己的腹部，与胎儿进行互动。这样的音乐胎教不仅能增进母子情感，还能促进胎儿的大脑发育和听觉神经的成熟。

孕妈妈还可以注意观察胎儿对音乐的反应。如某一首歌曲能够让胎儿表现出明显的胎动或兴奋状态，那么这首歌曲就可能是胎儿喜欢的音乐类型。在后续的胎教过程中，孕妈妈可以反复播放这些音乐，以强化胎儿的记忆和感知能力。

（2）语言胎教：胎教中另一种重要的方式，它不仅能激发胎儿的听觉和语言能力，更能让母子间建立起深厚的情感纽带。

孕妈妈在与胎儿进行语言胎教时，应尽量选择积极、正面的词汇和语句。除了日常的对话外，孕妈妈还可以尝试朗读一些优美的诗歌、散文或故事给胎儿听。这些文学作品不仅具有丰富的语言和情感表达，还能激发胎儿的想象力和创造力。在朗读时，孕妈妈可以注意语调的抑扬顿挫，以及情感的表达，让胎儿能够感受到文字的美妙和语言的魅力。

准爸爸也可以积极参与到语言胎教中来。因为男性的声音往往更为低沉、有力，对胎儿来说具有更强的吸引力。准爸爸可以与孕妈妈一起与胎儿聊天、讲故事，让胎儿在父爱的陪伴下茁壮成长。

（3）抚摸胎教：通过抚摸妈妈的肚皮，增加局部的温度和压力，让胎儿的触觉得到刺激，身体得到安抚，配合音乐、语言等听觉刺激，更能安抚胎儿的情绪，增进父母亲与胎儿的感情。

需要注意的是，胎教并非一蹴而就的事情，它需要孕妈妈和准爸爸的长期坚持和耐心付出。建议每天定时或不定时在胎动时进行直接胎教，只要我们用心去做，就一定能够与胎儿建立情感联结，并收获满满的幸福和感动。

托举生命之手

　　嘉慧是一名初产妇，却带有一个不常见的诊断——瘢痕子宫。我翻阅当天需要管理的孕妇病历时，一下就注意到了她，让人不解的是，尽管瘢痕子宫孕妇符合行剖宫产结束分娩的指征，但她却选择了顺产。

　　交班结束后，我带着满心的好奇，走到了她的病床前。我轻轻握住她略显冰冷的手，微笑着自我介绍："你好，我是你的助产士。"

　　我继续询问她是否吃过早餐，现在需不需要上厕所。在得到否定的答复后，我提议为她进行一次胎心监测，以观察宝宝的情况。

　　随着胎心监测仪的启动，我利用这闲暇的时刻与她聊了起来。话题自然而然地转向了她的身体状况，我这才了解到她瘢痕子宫背后的故事。原来，3年前，她曾做过子宫肌瘤剔除术。手术给她带来的恐惧感和术后伤口的疼痛让她毅然决然在分娩时选择了顺产。

嘉慧说："顺产就像过关打怪兽，过完一关还有一关，我需要加油努力、层层通关，坚定自己的意念，直到打到最后一关，我才能见到我的宝宝，这个过程肯定不会像剖宫产那样干脆利索。尽管顺产这条道路困难重重，但我知道如果可以顺产下来，那就是对我和宝宝最少的伤害，所以我想带着宝宝把顺产这条路走下去。"

我被她对顺产的坚持和坚定的眼神所震撼，同时也佩服她对顺产的决心。

俗话说，生个孩子，妈妈需要骨开十指，其中的疼痛无法用言语形容，但这也是每位顺产妈妈的必经之路。为了帮助嘉慧在试产过程中尽可能减轻宫缩的疼痛，以顺利地结束分娩，我在给她滴注缩宫素的同时，鼓励她多下床活动，坐坐分娩球，做些简单的分娩瑜伽动作。

在缩宫素和运动的共同作用下，嘉慧很快进入了产程。当我告诉她已经临产，宫口已经开了1厘米时，那张因疼痛而紧绷的脸，立马像得到了棒棒糖的孩子一样开心地笑了起来。

那一刻，我在心中默默祈祷："请一定要让她顺顺利利地顺产。这么可爱的人，哪有不让人心疼的理由？我也会竭尽全力帮助她的。"

然而，接下来的产程并没有我们想象中的那么顺利。当宫口开到2厘米时，宝宝的胎心出现了早期的减速。这时，医生建议暂停滴注缩宫素，先进行人工破膜，以了解宝宝在宫内羊水的情况。

人工破膜后，我们发现宝宝在宫内的羊水状况并不乐观，为Ⅱ度污染（羊水浑浊，呈黄绿色）。胎心的减速和羊水的浑浊让原本对顺产信心满满的嘉慧一下子慌了神。她焦虑地看着我，紧紧握住我的手问："怎么办？怎么办？莹莹助产士，现在这种情况宝宝是不是很危险？我是不是不能顺产了？是不是要剖宫产了？我好害怕，我想让我的家人进来陪陪我，可以吗？"说着，她的眼泪就快要掉下来，前面建立好的信心似乎瞬间就要崩塌。

我太能理解她此刻的心情了，因为我也刚刚成为一位母亲。我赶紧拍了拍她的肩膀，轻轻抚摸着她的背安慰她："嘉慧，我们先不要焦虑，也不要哭。现在宝宝的情况并没有到需要剖宫产的地步。我们已经暂停了缩宫素，并破了水。如果接下来胎心情况好的话，我们还是可以继续试产下去的呀。来，跟着我深呼吸，放松一下心情，缓解自己的焦虑好吗？我会尽量在你身边陪着你、帮助你。如果你和你的家属都同意进来陪产，我会给你们安排的，好吗？"听完我的话，她原本紧皱的眉头慢慢舒展开来。

挂在墙上的钟表在滴答滴答地走着，她接下来的产程也随着时间的流逝一步一步有了进展，我们为她安排了导乐和家属陪产。丈夫的陪伴为她注入了力量和信心，宝宝在宫内似乎也感受到了爸爸妈妈的深切爱意，胎心再也没有出现减速的情况。

很快，产程进入了活跃期。活跃期的宫缩痛让她再也无法安静地躺在产床上，但她依然保持着良好的精神状态。这时，我建议她下床活动，让她趴在丈夫的肩上曼舞，或坐在分娩球上，还让她进行了简单的淋浴，配合之前学会的拉玛泽呼吸法，有效地缓解了疼痛。

在这些方法的帮助下，嘉慧的宫口迅速开全。她此刻仿佛看到了胜利的曙光，在接下来的每一次宫缩中，她都像在进行最后的马拉松冲刺般用力，每次都竭尽全力，每次都拼尽所能。

终于，"哇"的一声，一个崭新的生命闯入了我们的世界。这声啼哭，宣告了一个新故事的开始，它是对妈妈无私付出的赞歌，更是对母爱的伟大致敬。它也点亮了在场每一个人内心深处的火炬，让我们感受到了助产士存在的意义。

这对初为父母的夫妇，激动地对我们说："谢谢你们，谢谢你们一直在身边的陪伴和不断的鼓励。因为有你们，我才有了继续试产下去的决心；因为有你们，我才能最后顺产下来。助产士的职业真的太伟大了，你们真的辛苦了。"

我望着他们脸上洋溢的幸福笑容，再看看躺在保暖台上那个好奇打量着这个充满爱的世界的小生命，心中充满了欣慰："嘉慧，你更应该谢谢你自己呀，是你的坚强，才让自己成功顺产。你辛苦了，你才是最伟大的妈妈，宝宝长大以后一定会很爱很爱你。"

拉瓦特曾说过："把现在正在做的事做好，就对永恒有了交代。"把一切平凡的事做好即不平凡，把一切简单的事做好即不简单。这就是对我们每一位助产士的真实写照。

〔知识链接〕

产程中进行淋浴的好处

在产程中进行温水淋浴可以减轻宫缩的疼痛，同时缓解孕妇的焦虑的情绪和放松紧张的躯体。第一，淋浴时孕妇的皮肤把对温水的触觉传送到中枢神经系统，同时中枢神经系统对疼痛信号的传导减少，产妇痛感下降，从而缓解了产时的宫缩疼痛；第二，适宜的水温和淋浴的水在身上的流动可以起到按摩的作用，从而缓解孕妇焦虑、紧张的情绪，同时放松肌肉，利于宫口的扩张，促进产程的进展；第三，温水使全身皮肤血管扩张，盆底组织松弛，可以起到减少软产道阻力的作用，使胎儿更容易完成分娩的机转过程。

最好的礼物

每当治疗结束，患者少些的时候，我就喜欢去各个病房走走，陪3床的阿叔聊一上午，听9床的阿姨哭一下午，给18床的孕妈妈一个轻轻的拥抱。老师告诉我，这些就是人文关怀。

我不曾想过这样微小的举动能改变什么，直到3床拒食的阿叔告诉我："姑娘，我觉得你说得对，我今天吃了半碗粉，还吃了一个苹果。"9床的阿姨看到我说："姑娘，来上班啦，早上都没看到你。"18床孕妈妈在我上夜班时会给我塞一些零食，说怕我半夜饿了。在这些瞬间，听着他们的谢谢，我感到发自内心的喜悦。

到了今年8月，在科室的培训中，我才知道人文关怀原来还有另外一个名字：叙事护理。我之前所做的那些，正是这种理念的实践。陈莉姐说："一开始孕妇看起来很淡定，我依照习惯关心她的情况，她便有些控制不住地委屈起来，讲了很多之前根本没说过的事情。看得出来，她很需要有个人倾听。"听到这，我突然想起那些与我吐露心声的患者们，我无意间的关心，竟能让他们的心得到一丝安抚，正如毛不易在《你好，陌生人》里唱的那样——我也想知道你的难处，也许只是几句话的安抚，如果你愿意卸下心头的包袱，我们就静静的聊聊，在这个下午。

8月的一个早上，清晨的阳光透过窗户，洒在了产房的走廊上。我像往常一样新收了一个孕妇——小陈。宝宝B超提示体重偏大，怀疑是巨大儿（体重≥4千克）。我给她上胎心监护仪的时候，她突然问我："巨大儿的话，我会不会生不出来啊？"我转过头，看到她紧锁的眉头和焦虑的眼神，心中不禁一紧。

"不一定的。"我立即安慰她，"B超结果显示宝宝大约7斤（3.5千克），我们产房还接生过9斤（4.5千克）左右的宝宝，他出来的时候也是健健康康的呢。"

听到我的话，小陈脸上的焦虑缓解了一些，但她积攒了几个星期的慌张并没有化解。

"那你看我能不能顺利生下来呢？"她紧接着问道。

我微笑着看着她："这个嘛，我们也不能向你保证一定能够顺利顺产，但是如果你对自己有信心，情绪状态一直保持得很好的话，是会提高成功率的。妈妈的状态会直接影响到宝宝的状态，再加上我们医生、助产士一直都在你身边，你不要怕。"

她不再提问，脸上没有任何表情。半个多小时后，她回到床位上，我们按照医嘱给她滴注缩宫素。很快，她开始有了宫缩，略微规律但强度还不大。

我走到她的床边调节滴速时，她正好坐在床边，眼神空洞，心事重重。我轻轻拍了拍她的肩膀问道："小陈，怎么啦？"

她回过神来看着我，勉强笑了笑说道："噢，没事没事。"

"小陈，你是在害怕宝宝过大生不出来吗？"

我的话似乎说中了她的心思，她的眼眶开始微微泛红："是啊……我觉得我真的生不下来，不知道为什么，宝宝被我养得这么大，产检的时候医生叮嘱我规律饮食，是我太贪吃了。"小陈陷入了自责和懊悔之中。

"小陈，你可以跟我说说，为什么你觉得你生不出来呢？"我轻轻把手搭在她的肩膀上，尝试一步一步去了解她的内心。

"前年我有个亲戚也是提示巨大儿，她生的时候撕裂得很严重，还输了血呢！她的宝宝最后出生也才7斤啊！我这个都7斤多了……"小陈的声音开始颤抖起来，手指和嘴唇也控制不住地微微发抖，"加上我刚刚看了一些有关巨大儿的文章，我觉得我不会有希望了。"

我一只手握住她的手，另一只手轻轻地拍着她的背："小陈，我很理解你现在的心情。如果我跟你一样不了解分娩知识，那我一定会和你一样害怕。你应该是从一个月前的B超结果出来之后就开始慌了吧。"

"是啊是啊，真的很慌，而且不知道和谁讲，我的老公也不懂这些，他只能安慰我别哭，我真的很想自己生出来。"小陈的眼泪决堤，滚滚落下。

"好好释放一下你的情绪吧，辛苦了小陈，怀孕到现在，真的很不容易。"我搂着小陈的肩，用手轻拍后背，"但是呢，你别怕，每个妈妈的身高、体重，以及产道、产力情况都不一样，分娩的结果也会不一样，不管发生什么，我们跟医生一直都在你身边啊。"

小陈的情绪在长时间的压抑后终于开始缓和。她接过我递过去的纸巾，拭去脸颊上的泪水，然后带着些许羞涩说："是不是很丢人，我都是快当妈妈的人了。"

"哪里的话。"我安慰她，"把情绪释放出来是好事，这样才更有利于你后面全身心投入分娩过程呀，一直压抑了那么多天，应该很难受吧小陈。"

她感激地看着我："你在这陪我哭了那么久，我感觉现在轻松多了。"

我笑了笑："那就好，小陈，其实巨大儿的原因也有很多，不一定是你孕期吃太多，也有可能是遗传或者宝宝发育的因素，你千万不要自责，你自责的时候宝宝会感受到你的情绪，宝宝也会在肚子里跟着难过。"

小陈认真地点了点头："嗯嗯，我相信自己可以，也更相信你们。"

看到她如释重负的笑容，我也感到由衷的欣慰："如果你有什么不开心，可以再按铃找我。你现在先休息一下，应该也累了吧。"

那天直到下班时间，小陈的宫口都没有开，但她的心情十分愉快，和隔壁床的产妇也聊得甚欢。

第二天下午接班，我到小陈床边时，她的双手正紧紧抓着床边的栏杆，脸因为憋气而变得通红，看到我，她用仅剩的余力向我倾诉："太痛了，现在这样痛得我都受不了了，后面岂不是会更痛？"

"小陈，你听我说，你放松心情，做一下深呼吸，慢慢呼出来，这样就不会那么痛。"我拿起一张纸巾，边替她擦拭眼泪，边引导她做深呼吸。

她照做后，果然觉得疼痛有所缓解："真的没那么痛了，稍微可以忍受了。"

我鼓励她："那就好，小陈，你知道吗，每一次宫缩都是给宝宝最好的礼物，宫缩对宝宝来说就像按摩一样，可以促进宝宝脑神经的发育。你痛起来的时候有没有想拉大便的感觉呀？"

"没有感觉，就是很痛，一想到后面更痛，我有点害怕生了。"小陈有点沮丧，刚哭红的眼睛又开始有点忍不住落泪。

"不要担心，小陈，你的眼睛都要哭肿了，不哭啦，我也知道宫缩很痛，很难忍受，对吧？但是开指需要一个过程，这个过程可能没有那么容易，但是我们一起努力，用刚刚教你的呼吸法，我相信你完全可以的。"

"不要紧张，你宫口已经开了三指（3厘米），麻醉医生已经在配药了，打完镇痛可以缓解一些疼痛的。"小陈听到这些话，开始放松下来，麻醉医生为她注射了镇痛剂。十几分钟后，她欣喜地告诉我："无痛真的很有用诶，我现在基本上不痛了，只是肚子胀胀的而已。"

我叮嘱她趁没有宫缩的时候好好休息，为接下来的分娩保存体力，有事就按铃叫我们。

她的宫缩慢慢变得规律，3分钟1次，每次持续30秒左右。晚上7点去巡视病房时，她告诉我有一点想拉大便的感觉，我查后发现宫口已经开了五指（5厘米）。小陈有些欣喜："终于开大了，等了那么久。"

我鼓励她要有耐心，生宝宝的过程是很不容易的。

当9:30宫口开到七指（7厘米）时，她的脸微微发红，体温达到了37.8℃。医生给她静滴了药物和续滴了平衡液。小陈看到用药，有点焦虑："是不是得剖啊？"我安慰道："小陈，别担心，现在宝宝的胎心是好的，还没有剖宫产的指征。如果需要做手术，医生会跟你商量的，我们也会尽最大努力让你成功顺产，我们都在你身边。"

小陈听后逐渐放下心来："到最后如果不得不剖的话，我也愿意。我觉得我已经尽力了，是一个合格的妈妈。"

"是啊，加油，你现在开了七指，已经给了宝宝一份很不错的礼物。"

"谢谢你，我一开始很怕来到产房，我害怕自己一个人面对这件事，但你们都很关心我，还很照顾我的小情绪，我的家属也能进来陪我，让我觉得我不是一个人在奋斗。"

小陈突如其来的谢谢，让我有点措手不及，但是我欣喜万分："你才是最不容易的，能够替你分担痛苦，我们也很开心，我们一起加油。"

晚上11:30，小陈的宫口开全了，我们12点交班后，接班的同事开始教她如何用力。经过大家的共同努力，最后小陈顺利顺产了一个7斤1两（3.55千克）的小公主。

第二天，我去看望了小陈。她说，对于这个结果，她觉得特别高兴。她很感谢我们一直陪着她，给她鼓劲，这让她觉得顺产的努力都是值得的。

对于我而言，能让孕妇们安全分娩，我很开心；而当我替她们分担一些痛苦，帮助她们树立信心让她们温馨分娩后，她们送来一句感谢，这就是我作为一个普通助产士最幸福的时刻！

〔知识链接〕

巨大儿的发生原因尚未明确，但长期的临床研究和观察发现，以下因素可能与巨大儿的发生有关。①母亲糖尿病：是巨大儿发生的最重要的危险因素。②双亲体形巨大。③孕妇年龄及产次：高龄孕妇、经产妇发生巨大儿的概率相对更高。④孕期体重增加过多。⑤前次分娩过巨大儿。⑥某些遗传和先天性疾病。

但需注意的是，虽然这些高危因素与巨大儿的发生密切相关，但仅有约40%的巨大儿母亲存在这些高危因素。

那么如何预防巨大儿呢？为了控制新生宝宝的体重，孕妈妈应多吃新鲜蔬菜和蛋白质含量丰富的食物，糖类不宜过多摄取，少吃脂肪含量高的食物，并适当参加活动。整个孕期体重增加以不超过12千克为宜，体胖者增加7~8千克为宜，体瘦者增加体重也不应超过15千克。胎儿体重控制在3.2千克左右为宜。饮食以量少、丰富、多样为主，采取少吃多餐的方式进餐，要适当控制进食的量，特别是高蛋白、高脂肪食物，如果此时不加限制，过多地吃这类食品，会使胎儿生长过大，给分娩带来一定困难。

同理心

刚为一位产妇接生完，我耳边突然传来了另一位产妇的叫喊声。我急忙走过去，发现那是一位没有家属陪伴，正独自承受分娩痛苦的一胎妈妈。我协助她下床摇摆骨盆，递上半杯水，她的表情明显缓和了些。

"你需要打无痛吗？"我轻声问，"这可以减轻你的疼痛。"

"打无痛需要多少钱？"她有些犹豫。

"大约2 000元，不过生育保险可以报销。"我解释道。

她沉默了，我看得出她不想，没有继续劝说，只是告诉她我会经常过来看她，有需要可以随时按铃找我。

然而，在巡看其他产妇的过程中，她的叫喊声不断传入我耳中。有空时，我都会走过去陪伴她，但一离开，她又叫喊起来。其他同事都在忙碌，我还要照看其他患者。她的叫喊让我内心逐渐烦躁，甚至生出了一种厌恶感。

这种厌恶感让我自己感到很不舒服。

我突然想起了之前学习的同理心课程。老师告诉我们，**面对大喊大叫的产妇，首先你要觉察自己的内心。**

于是我开始自我觉察：此刻我觉得这位产妇很烦，她感觉痛，但又不想打无痛，这是她自己的选择，那么她自己就去忍受啰。面对产妇，我是一种厌烦的态度。

我又问自己：我的慈悲心去了哪里？分娩的痛是挑战女人的极限！一个没有打无痛的女人如此坚持，一定有什么原因，而无论什么原因，我都不应该去讨厌她，不论我能否为她做什么，至少我在态度上应该去理解她、接纳她。

产妇的疼痛可能带来精神的崩溃，她在向我们发出求救的信号，不亚于身体在流血。

我走到她身边，耐心地教她呼吸，又喂她吃了半碗粥，并向她讲解产程的知识。我打开手机，让她在宫缩时听音乐，跟随我的引导语进行呼吸和想象，以此来转移她的注意力，缓解疼痛。

我让她下床摇摆骨盆，利用重力让胎头更好地下降。当她站累了，我就让她坐在分娩球上休息，这样也可以促进产程的进展。

每当她在宫缩时勇敢地配合音乐呼吸，我都会给予肯定和赞美，被肯定、被赞美的她越来越有力量。在这个过程中，我不仅向她普及分娩知识，还和她聊家常，让她在分娩过程中觉得并不孤单，无须害怕。

随着她宫缩越来越频繁、阴道分泌物增多，我根据经验，判断她的宫口应该已经开全，为她做了内检后，发现胎头已经在阴道口。

我洗手准备上台接生，在整个过程中不断地鼓励她。她也非常配合，最终成功分娩出一个7斤重的孩子。没有侧切，只有少许的裂伤。旁边的进修医生感叹道，这是她见过第一胎裂伤最少的产妇。医生话音刚落，产妇马上说道："她们都说接生的人很凶，可是我觉得今天的接生医生很温柔，如果你们骂我，我肯定会更紧张，乱了方寸，而不会好好配合。"

在后来的聊天中，我了解到她和丈夫原本在同一家公司，但公司要求他们其中一个辞职，因此她选择了离开职场。此刻我终于明白她即使再痛苦也不选择无痛分娩的原因了。我突然很心疼她，为我之前对她的误解感到自责，自己17年前也曾因为经济原因选择并坚持顺产，且没有进行无痛分娩。

为她缝合伤口之后，我喂她吃了一碗粥，帮助她与新生儿进行了第一次亲密接触，看着她温柔地哺乳着自己的宝宝，我心中充满了温暖。在离开产房之前，我俯身抚摸她的额头，由衷地对她说："你很棒，很坚强，很勇敢，你做得很好！"

作为助产士，我们常常会遇到一些因为疼痛而失控的产妇，或是因为过度担心母婴安全而焦虑的家属。在面对产妇们撕心裂肺的喊叫和家属们对我们工作的不理解时，我们可能会感到气愤、失望、委屈、尴尬、伤心、无助……如果没有内心的自我觉察，我们可能会在无意识中做出不理智的行为。因此，在护理工作中，遇到一些让我们情绪起伏的事情，不妨静下来觉察一下自己的内心。

为了更好地应对这些情况，我们需要时刻保持清晰的自我认知，努力放下内心的偏见和评判，以更加客观、理解的态度去面对每一位患者和家属。我们要学会接纳自己的情绪，允许它们自然地流淌，而不是压抑或否定。

在面对冲突和不满时，我们可以通过深呼吸来调整自己的状态，保持冷静与理智。我们倾听患者和家属的心声，让他们充分表达自己的感受和想法。通过重复他们的话语，我们确保自己完全理解他们的需求和担忧。

在这个过程中，我们不仅在技术上提供支持，更在情感上给予关怀与理解。我们相信，每一个患者和家属的背后，都有着未被满足的需求和期待。通过积极寻找并满足这些需求，我们能够化解不满与冲突，让爱和关怀在产房中流淌。

回想起这次经历，最初我对产妇的叫喊感到厌恶，甚至认为她的疼痛是自找的。然而，通过自我觉察和反思，我放下了这些评判，以更加平和、理解的态度去对待她。这种转变让我深刻地体会到同理心及自我觉察在护理工作中的重要性。

作为医护人员，我们肩负着守护生命与健康的重任。我们不仅要在技术上精益求精，更要在情感上与患者和家属产生共鸣。只有这样，我们才能真正成为人间的天使，将爱与关怀传递给每一个需要我们帮助的人。

〔知识链接〕

同理心，即设身处地地理解、感同身受的换位思考、将心比心，能设身处地对他人的情绪和情感的认知性进行觉知、把握和理解。

同理心，主要体现在情绪自控、换位思考、倾听能力及表达尊重等。

同理心，可以使我们暂时进入对方的内心世界，不带任何评价地去感受对方的感受和经验，敏锐地觉察对方经验意义的改变。

同理心，是自我觉察，不带任何评判，接纳对方，尊重对方的选择和决定。

插胃管不可怕

记得十几年前堂姐因为胃部疾病，特意从乡下来到广州，在我们医院的外科住院治疗。

手术前需要插胃管，当时我去看堂姐，她刚插好胃管，还处于惊魂未定的状态，堂姐满眼的泪水，拿着塑料袋不断地呕吐，最后对着我说："不知道上辈子造了什么孽，竟要遭受这样的罪！"

堂姐插胃管后说的这句话，一直在我脑海中清晰地记着。

我是一名助产士，日常工作是帮助顺产的孕妇迎接新生命。然而，**如果产妇在6个小时内进过食，且需要进行紧急手术，那么这个时候就需要插胃管。**

昨天值班时，小娟因门诊胎心监护异常入院，入院后胎心监护仍反复出现减速情况。经医生评估，决定为她行剖宫产手术。

我轻声对小娟说："小娟，你的胎心监护总是反复出现减速，这意味着宝宝有可能缺氧，所以需要立刻手术。术前我要为你插胃管。"

小娟的声音中带着一丝颤抖和不安："为什么要插胃管呢？"

我解释道："剖宫产手术需要空腹6~8小时。你刚在门诊吃过东西，如果术中呕吐，很容易引起误吸，就是吐出来的东西不小心吸到气管里，这样会导致窒息。如果食物进入肺里，容易造成肺部感染，所以，插胃管是必要的步骤。"

在解释的过程中，我不禁想起了堂姐当年的痛苦表情。我知道插胃管的难受，但我也明白这是为了产妇和胎儿的安全。于是，我尽量让自己的声音更加温柔，希望能给小娟带来一丝安慰。

小娟继续问："胃管是从嘴里插进去的吗？"

我告诉她："不是的，胃管是从鼻孔插入的。"

接着，我详细指导她如何配合插胃管："请保持平静，尽量配合我们。当胃管插入一定深度后，我会告诉你像吞面条一样将胃管往下吞，不要抵抗，不要吐出来。"

小娟又问："什么时候能拔胃管呢？"

我回答说："通常手术后就可以拔除了。"

小娟点点头，表示理解并会全力配合。在插胃管的过程中，我的动作尽可能地轻柔。完成后，小娟出现了轻微的恶心反应，我立即用毛巾为她擦汗，轻抚她的额头，温柔地对她说："辛苦了！为了宝宝，你真的非常坚强。做妈妈真的很了不起！"在我的安抚下，小娟露出了笑容。当护工阿姨推她出产室时，她微笑着向我们挥手告别。

在产房，我们通常鼓励产妇少量多餐进食，以保持体力。有人可能会问，为何不在进入产房后直接禁食，为手术做好准备呢？但实际上，这并不是一个好主意。

以一个初产妇为例，一般的产程都会持续11～12个小时，当然，具体时间因人而异。如果产妇在这十几个小时里一直保持空腹状态以为可能的手术做准备，那么产妇的饥饿状态可能导致宝宝出现低血糖和胎心减速。同时，当产妇宫口开全，需要用力分娩时，长时间的饥饿和疲倦可能会让她没有足够的力气生孩子，甚至发生产后出血。

事实上，紧急剖宫产手术在产房中所占的比例并不高，因此我们还是会鼓励产妇在产程中适当进食。

在手术前，我们会为产妇做一些必要的准备，包括备皮（剃掉腹部和会阴部的毛发）、插尿管、插胃管。插尿管虽然会有些不适，但过程很短暂。但插胃管需要从鼻子插入到达胃部，产妇会有喉咙异物感，以及恶心甚至呕吐的感觉。

每当我为产妇插胃管时，我总会想起堂姐的那句话，我也常常思考一个问题：产妇生孩子那么痛都能挺过来，插胃管为什么会感到那么痛苦呢？我想，这可能由于手术紧急，我们更注重产妇和宝宝的安危，没有和产妇做好解释，并且时间紧迫，产妇也没有足够的时间做心理准备。

于是，每当需要为产妇插胃管时，我都会尽量安排一位同事在旁边为她们提供解释和安抚。这个角色有时是我，有时是同事，或是进修老师、实习生，甚至是护工阿姨。在这个时候，产妇最需要的是我们的关心、陪伴与爱护。

我们会详细解释插胃管的流程和目的，并鼓励她们为了宝宝要坚强，宝宝是产妇坚强的最大动力。同时，我们会通过一些肢体动作，如为产妇擦汗、擦泪、轻抚额头，来帮助她们放松。这种有意识的安抚能显著减少产妇对插胃管的不适反应。

插胃管的不适无法避免，但我们的理解、鼓励和温柔对待，让产妇的内心一定不会留下痛苦的阴影。作为医护人员，我们的一句温暖话语、一个温柔动作，都能为患者带来力量和温暖。这种关怀是双向的，我们并不是单纯地布施或者救治别人，在这个过程中，我们也在帮助自己净化灵魂，温暖内心！赠人玫瑰，手有余香。每一位产妇都值得被温柔以待！

〔知识链接〕

虽然大多数产妇都能顺产，但也有一些紧急情况需要紧急剖宫产。

（1）胎儿窘迫，胎心减速：正常胎心为110～160次/分，有些胎心减速至60～70次/分且持续，这种情况非常危险，必须马上手术，这样的胎心相当于我们成年人心跳30～40次/分。

（2）脐带脱垂：胎膜破裂时，脐带脱出宫颈口外，降至阴道内，甚至露于外阴部，称为脐带脱垂。脐带脱垂对于宝宝来说很危险，因为脐带受压于胎体与骨盆之间会引起胎儿缺氧，甚至胎心完全消失。若脐带血液循环阻断超过7～8分钟，可胎死宫内。

（3）胎盘早剥：正常的胎盘在胎儿出生后5～30分钟后自然剥离娩出。如果宝宝还未出生，胎盘就剥离出血，这种情况也必须马上进行剖宫产。

3

你好，我是助产士

重返天上的星星

在生命的旅途中，有些小星星曾短暂地照亮过我们的世界，却又如流星般划过天际。

阿　虹

阿虹怀孕7次，身边却没有一个孩子，唯一一个存活的孩子判给了前夫，她根本没机会和孩子见面。

她和现在的老公，多次怀孕都流产了。如今阿虹已经孕19⁺周，被诊断为"晚期难免流产"，水囊突在阴道口，肚子里的孩子已经有了胎动，每当阿虹放音乐，肚子里的孩子就会和妈妈互动。

我去给她抽血的时候，她静静地躺在床上，眼泪不由自主地流下来，她说："如果我这个孩子保不住，我也会跟着他一起走的。我也跟我老公说了。我之前自杀两次都不成功，这一次我一定会的！"

从她淡漠坚定的眼神中，我感受到她那份必死的决心。

交班时，我们嘱留家属24小时陪护。真不敢想象孩子保不住的那一刻，她会有怎样的表现，会做出什么样的行为。这是一个怀孕7次，而身边却没有一个孩子的母亲。

我又接班时，看到阿虹还在23床，同事交班时说："她体温升高，宫口继续扩张，医生和她谈要终止妊娠。你们关注一下她，因为之前有过两次自杀未遂史，今天心理科也来会诊过，开了抗抑郁药。"

恰好接班后没有产妇生产，我和同事说我在23床陪阿虹一会儿。我站在她的床边，温和地看着她，时而握住她的手，时而为她擦汗和擦眼泪。我对她说："接下来我在这里陪你，如果你愿意说，我就愿意听。"阿虹的眼神飘向远方，她说："我那个28周生下来就夭折的孩子，白白的，很可爱。

"我肚子里这个小孩已经4个月，有胎动了。我和他说话，他就会动，我放音乐，他也会动。我之前做过很多检查，都说没问题。我为了这个孩子已经花了几十万，倾家荡产了。

"为了这个孩子，我即使不喜欢西兰花，也会每天逼自己吃，再没钱也会吃好的水果。我吃很多牛奶和鸡蛋，只是想要他的皮肤好。

"刚怀他的时候需要安胎，我每天躺着都不敢动，整个孕期都在打肝素，前些天才买了4 000块钱的肝素。我打了1 000多针，扎了6年的血糖，我的双手都扎透了。

"你看，我的肚子，我的手指，我的手臂全被扎透了！"

我看向阿虹描述的地方，密密麻麻全是针眼。我的手抚摸着她的肚子，对她说："真不容易啊。"

阿虹一边诉说，眼泪止不住地往外流。医生刚刚说给他们1个小时考虑，现在到时间进来了。阿虹望着穿绿色手术衣服的医生，恐惧地对丈夫喊："她来了，她又来了！"阿虹又慌张地问："老公，怎么办，怎么办啊？"然后号啕大哭。

阿虹的丈夫握着阿虹的手，默默地为她擦眼泪，欲言又止，仿佛张开嘴巴需要千斤的力气。

看着这对夫妇艰难地做着决定，我的眼睛也湿润了。我扭过头偷偷地擦了眼泪。人世间生死之抉择，对一个女人来说是多么痛苦和无奈啊！

值班医生问他们商量的结果，阿虹的丈夫艰难地回答道："那就……按你们的意思。"接着我们为阿虹滴注催产素引产。

那一刻阿虹全身发抖，嘴里不停地喊："好冷啊，好冷啊！"我看到阿虹的脸色和嘴唇发白，就连手指都是苍白发紫的。

我赶紧为阿虹多拿了一床棉被，用手将被子紧紧地包住她。

我告诉阿虹："深呼吸，把注意力放在自己的呼吸上。感受自己的呼吸，让自己放松下来。不用怕，你老公在你身边，我们都在这里陪你。这么紧张对你的身体消耗很大，放松下来。"我一边说一边轻柔地抚摸阿虹痉挛的头颈部，再次喂阿虹喝了一杯温水。阿虹颤抖的身体慢慢舒缓下来，双手也不再冰凉。

阿虹继续诉说："我有一个大哥,两个姐妹。父母专宠大哥,不理我们三姐妹,大哥好吃懒做,还要父母照顾。而我父母每次看病,都是我早上5点起床,从增城带着父母去南方医院排队。

"即使对父母这么好,我住院10天,他们也没有打过一个电话,我安胎时叫他们过来帮忙做饭,他们都不肯。"

我温柔地看着阿虹,对她说:"作为一个女儿,你做了你该做的,对于你的父母,你已经尽到做女儿的孝顺。那样的时刻你是多么需要他们的帮助啊。"

阿虹说:"他们说,你又不是没有家婆。可是我的家婆这些年从来没问过我,更没有看过我。这么多年,无论是过年、过节,都只有我和老公两个人。她嫌弃我生不出孩子。"

我说:"你家婆真是一个传统的人。"

阿虹说:"最惨的就是我的老公,如果孩子保不住了,对于我老公来说是人财两空!"

我说:"是的,你老公也很惨,你们付出的除了金钱还有心血,全部都没有了!即使你打了那么多针,承受了那么多的苦,如果可以,哪怕用你的命去换一个孩子给你老公,你都愿意,对吗?"阿虹连忙点头说:"是的,是的!"

我继续对阿虹说:"你除了身心的苦,还有一份对老公的愧疚,对吗?你觉得你对不起他,他付出了那么多,最后还是人财两空。"

阿虹点点头，眼泪哗哗地流……

我对阿虹说："刚刚抽动脉血那么痛，平时打那么多针，身体的这些痛还有心里的痛，你都在默默承受着，无论多苦，你都在努力坚持着。你已经拼尽了所有的努力，该努力的你都努力了。

"刚刚你的痛，你老公都看到了，我相信他也知道你付出了所有的努力。

"阿虹，如果你此刻觉得很伤心、很难过、很痛苦，你可以哭，你尽情地哭，可以的。"

阿虹的眼泪像决堤的河水，大片大片地倾泻而出……

阿虹说："我宁愿我是一个怀不了孕的女人，可是我怀了7次了。8周流产还好，可是现在已经20周、4个月了，他会动了，你知道吗？"

我惆怅地说："是啊，宁愿从来都没怀过孕，因为每次流产都相当于失去一个亲人，失去亲人的心情真的很难受，我特别理解！不，我无法理解你的心情！"

阿虹说："为了这个孩子，我们倾家荡产，借了很多钱，父母嫌弃我嫁了个穷鬼，家婆那边的人嫌弃我生不出孩子，老公又人财两空，我们把所有的心血、精力、钱和希望都放在这个孩子身上。如果这个孩子保不住了，我还活着干什么呢？我觉得我是世界上最惨的人，没有谁比我更惨了！

"那天住院隔壁床的女孩子保不了胎，我还安慰她，有人比你更惨，原来比她更惨的人是我！"

　　我对阿虹说："是的，你真的很惨！你付出了这么多，可是没有任何收获。世间真的很苦，你感觉自己什么都没有了。可是你还有你老公，你看他对你多好。你的老公并没有怪你，他理解你。"阿虹的丈夫整个晚上都在不停地为阿虹擦眼泪、擦汗，握着阿虹的手。我让阿虹感受此刻正握住她的手，为她擦眼泪的丈夫。

　　我对阿虹说："你看，你老公多爱你啊，他并没有指责你，没有怪你，他也看到了你承受的痛苦，就像刚刚抽血，他比你还着急，总是问我们好了没，为什么这么痛，能不能别抽血了。

　　"阿虹，世间有很多苦，然而你还有你老公，还有一个这么多年相依为命的老公。

　　"但如果你和孩子一起走了，那么你老公就真的什么都没有了。一个如此爱你、对你这么好的老公，你怎么忍心抛弃他呢？你怎么忍心辜负这个男人呢？

　　"阿虹，这些年身体上的苦、心里的苦你都可以承受，你做了你可以做的，你尽了一切的努力。然而流产并非你的原因，也有可能这个孩子原本就不健康，她选择了被自然淘汰。"

　　我告诉阿虹，之前我有个亲戚，8周就开始安胎，到17周发现孩子一边没有肾，一边肾畸形，最后也是自然流产了。

　　我轻声对阿虹说："阿虹，你这一胎是自然受孕的，怀孕对你们来说并不难，流产过的子宫会更活跃、更容易受孕，就像农民翻过土的土地一样。再过一年半载，你们就又可以怀孕了。

"阿虹，我听到你说，这次怀孕躺在床上3个月都不敢动。为了孩子，你也吃了很多水果、鸡蛋、牛奶，还有平时不喜欢吃的西兰花。其实不需要这样，即使躺在床上，也是需要运动的。"

我看着阿虹的眼睛，认真地给出了我的建议："你有过反复流产的经历，所以这次一定要做胎儿的基因染色体检查，这可以帮我们更好地了解宝宝的情况。下次备孕前，记得来我们医院的'产前诊断科'咨询一下，我们会给你更专业的建议。如果再次怀孕，在13~16周的时候，我们可以考虑给你做宫颈环扎术，来保护宝宝的安全。"

阿虹听后点了点头，她的丈夫也在一旁认真地听着。我继续说道："再次怀孕前或者产检的时候，你可以来我们的助产士门诊找我。在那里，你可以学到很多关于饮食、运动、妊娠的知识，我们的助产士会全程陪伴你，给你提供全孕期的心理健康护理。"

阿虹问我："你在门诊哪里啊？"她的丈夫也问我贵姓，我微笑着告诉她我的名字，也告诉她助产门诊的地点。看着他们认真的表情，我知道他们会把我的话记在心里的。

阿虹的腰越来越痛，宫缩越来越频繁，接着阿虹的羊水破了，10分钟后，孩子就排出来了。

我一直握着阿虹的手为她擦眼泪、擦汗。阿虹的胎盘很久都出不来，医生为她钳夹胎盘，我在一旁握住阿虹的手，给她力量，我对阿虹说："之前那么多苦，你都可以承受，勇敢一点，很快就可以了，我们尽量让这次排胎顺顺利利，避免再让你的身体受伤。"阿虹的眼神中透露出平静与勇敢。她配合医生的治疗，展现出难得的坚强。为了减轻她的疼痛，医生给她注射了哌替啶，让她尽量休息一会。

钳夹胎盘进行得相对顺利，这一次排胎总共出血310毫升，情况还算不错。

经过大约40分钟的休息，阿虹的状况有了明显的改善。她的烧退了，疼痛感也轻了很多。我喂她慢慢地喝了一杯温水，她的脸色看起来比之前好了很多。

在大家的努力下，阿虹终于顺利排胎，心理上也暂时接受这一情况，至少在排出孩子后，离开产房时没有出现我们之前想象的不良情况。

送阿虹出产室的时候，我俯身抚摸阿虹的额头，温柔地对她说："希望以后我可以为你接生足月健康的宝宝，我们一起期待！"

阿虹微笑点头，对我说："谢谢你！"

〔知识链接〕

作为护理人员，我们看见的都是患者呈现在表面的症状和体征，很难看见患者心里的痛苦。在打针吃药之余，我们还可以倾听患者内心的感受和想法。或许医学有它的局限，但不代表我们什么也做不了，我们无法为患者解决所有的痛苦，但我们可以去回应这份痛苦！

让沟通成为一种照护方式

产房门外，人生百态。新生命的降临带来的是喜悦的泪水，而有些人却在焦急、惶恐中等待。

一个中年男人正在产房门口来回踱步，他神情忧虑，眼角似乎还有未及时擦去的泪水，医生带着孕妇走到他面前，向他解答病情并商量解决方案，妻子耷拉着脑袋，丈夫轻轻地拍着妻子的肩膀安慰着，脸上的神情愈发严肃。

进一步了解病情后，我发现这位孕妇竟然是一位怀孕两次均流产的高龄患者。回到产房待产间，她红肿的眼睛和微微颤抖的手，似乎在无声地诉说着她的伤心和难过。我担心她悲伤过度，会因再次流产而放弃生育，甚至对生活失去希望。想到这里，我打算对她进行心理干预（叙事护理）。

我向她做了自我介绍："你好，我是你今天的责任护士，如果你有任何问题或者需要帮助，都可以去护士站找我，或者按铃，我也会尽快过来。"

她微微抬起头，布满血丝的双眼与我对视了一瞬，又迅速低下头去。我注意到她的疲惫和悲伤，心中涌起一股同情。

"昨晚睡得不好吗？"我关切地问，"早餐吃了什么呀？"

她不说话，似乎在犹豫是否要敞开心扉。我靠近她，坐在床旁的椅子上："我知道你现在心情很不好，你可以和我说说，说出来可能会好受一点。"

她沉默了一会儿，哽咽着开始诉说她的心事。

"已经两次了，如果是一直没怀上，我也就死心了。可是，每次都是怀上了又保不住，为什么反反复复给了我希望又让我绝望？"她的泪水在眼眶里打转，"我感觉自己要崩溃了。"

我拉过她的手，递给她一张纸巾："心里难受就哭出来吧，我陪着你呢。"

话音刚落，可能她一直绷着的弦突然松了下来，社会文化要求我们在外要体面、要得体的束缚一下子没有了，她捂着脸泣不成声，泪水从指缝间不断溢出，情感的匣子忽然打开了，宣泄着这几日来所有的悲伤与不甘。我拉着她的手，轻抚着她的背。

过了一会儿，她终于平静下来。

"3年前，我第一次怀孕。"她抽泣着回忆道，"因为是高龄孕妇，怀上不容易，所以非常珍视那个孩子，一直小心翼翼。全家人都在憧憬着宝宝的降临，但是，两个月的时候发现胎停了。我虽然很难过，但手术完之后，我并没有放弃，和老公一起，又开始认真调养身体，准备迎接我们的宝贝。直到这次又发生了流产，希望又落空了，我不知道该怎么办了，为什么我想要一个自己的孩子就这么难呢？！"

我轻声问道："可以用一个词来形容你现在的心情吗？"

她双眼无神地看着我，低声说："绝望吧。"

"那这个'绝望'给你带来了什么影响呢？"我继续追问。

她想了想说："结婚这么多年，我和我老公都想要自己的孩子。我们尝试了各种方法调理身体，好不容易怀上孩子，却还是落空了。我觉得胎停是我自己身体的原因，感觉愧对我老公，因为他一直陪着我，一直在付出，却没有得到回报。虽然他每次都会安慰我，说我们还有机会。可我就是很绝望，我控制不了自己胡思乱想，因为这些事，每晚翻来覆去地睡不着。"

我开导她："在门口谈话时，我看到你先生也很伤心。经历流产，你觉得他是一个怎样的伴侣呢？"

她一脸欣慰："身边的朋友都说我老公很好、很善良，对家庭也很上心、很负责任。我们的感情一直很稳定，从来没有吵过架，红过脸。哪怕这么多年没有孩子，他也从未埋怨过我，一直照顾和陪伴我，帮我回应亲戚们的不友好。我觉得我老公是一个可以托付终身的人。"

"那你觉得自己是一个怎样的伴侣呢？"我好奇地问。

她回忆道："在他创业的时候，家里人都反对，只有我支持他。我为了他辞职，拿出嫁妆陪他一起创业。别人都只看到现在好一点的生活条件，却不知道我们一步一步走来的艰辛。他也很感谢我一直陪着他，常说没有我就没有今天的他。我想，我应该是一个总是给他信心、会一直陪在他身边、不离不弃的老婆。"

我接着问道："那你觉得你们夫妻间感情状态是什么样的呢？用一个词语来形容一下？"

她不再流泪，稍作思索后便肯定地回答："坚固而美好。我们一起经历过风风雨雨，从谈恋爱到结婚、创业，再到怀孕、流产，一起走过来。"

"是呀，多么让人羡慕的幸福爱情呀！"我由衷地感叹。

接着，我试探着问："那你觉得你们的感情会因为这次流产而有什么变化吗？"

她坦言："一开始，我想着离开他算了，这么多年都没能给他一个孩子，很对不起他。但我越是这么想，他越是陪着我、安慰我。这也让我更加确信，他是一个值得托付终身的人。"

听到这里，我感到非常欣慰："那你有信心和你先生一起渡过这次难关吗？"

"信心是有的，但是我们还是很难过。"

我握住她的手，鼓励道："难过是正常的，但现在生殖医学技术很先进，像你这样的情况，我们医院的生殖中心或许能帮到你。"

她疑惑地看着我："生殖中心？能解决我胎停的问题吗？之前在我们当地医院做完手术就出院了，医生也没提其他的解决方案。"

看着她慢慢从悲伤自责的情绪中解脱出来并试着寻找新的路径，我知道她的负面情绪已经解决大半。我急忙解释："我们医院的生殖中心在全国都名列前茅，已经帮助了很多家庭。等你恢复好了，可以去咨询一下，为下次怀孕做好准备。"

她的眼中似乎燃起了希望的光芒，看着我，坚定地点了点头："那你能给我推荐一位医生吗？"

看着她心情渐渐平复，我也终于放下心来，拿出手机，打开微信公众号，开始为她详细讲解挂号方式、医生团队，以及高龄患者备孕的一些科普知识。随着我的讲解，她的脸上终于褪去了忧愁，皱纹都舒展开了。

"陈姑娘，谢谢你听我说了这么多。"她感激地看着我，"这几天我不想跟人说话，不知道怎么说、说什么。看到你们都在忙，我也不好意思打扰。幸亏有你开导我，让我重新看到希望，我感觉我揪着的心一下子放松了。"

我笑着鼓励她："你要相信自己，调整好心态和身体。你老公会像当初你陪他一样一直陪着你，一切都会好的。"

她长出一口气，仿佛把内心的郁闷和烦恼都呼了出来：

"好，你放心，我会配合治疗，我不哭，我会养好身体，为下次做准备。"

排胎过程非常顺利，产后她的状态也恢复得很好。离院时，她递给我们一封感谢信，字里行间的感激与肯定，让我觉得所做的一切都很值得。

〔知识链接〕

叙事护理，即通过讲故事、聊天的方式来帮助患者更好地理解和应对他们的医疗状况。这种护理模式强调患者的个人经历和故事，患者可以通过讲述他们的故事来表达自己的情感和心理状况。医护人员帮助寻找积极的意义和目标，并在医疗过程中发挥积极作用。

叙事护理的核心是倾听和理解患者的叙述，以帮助医护人员更好地了解患者的需求、担忧和期望，并为他们提供更具个性化的护理。

叙事护理还可以帮助患者更好地与医疗团队进行沟通和合作。通过分享和听取故事，医护人员可以更好地了解患者的背景和需求，从而提供更有针对性的护理方案。同时，患者通过叙述自己的故事，也可以更好地理解医生和护士的角色和决策过程。

叙事护理在护理实践中已经得到广泛应用。它不仅可以帮助患者更好地适应疾病和治疗过程，还可以提高医护人员的专业能力和人文关怀。通过叙事护理，医护人员和患者之间能建立起更紧密和持久的关系，为患者提供更加综合和细致的护理服务。

产妇之吻

一位孕妈妈，因为胎儿水肿而忧心忡忡。她不远千里，从外地来到广州，租了房子，只为在我们医院寻求一线生机。原本打算等孩子再大一些，提前进行剖宫产手术，这样我们就能在孩子出生后，有更多的时间和机会去治疗。然而，在进行了一系列详细的检查后，我们发现孩子在腹中已经没有了生命迹象。

在这种情况下，引产排胎成了唯一的选择。医生向她详细解释了手术的必要性和风险，她默默地点了点头，表示理解和接受。

宫口开到5厘米时，身体与精神的双重折磨让她彻底失控。她悲痛地哭泣着、叫喊着，声音里充满了无尽的痛苦和无助。听到她的叫声，我迅速向她走去。当我走近她时，她向我伸出了一只颤抖的手，仿佛在寻找一根救命稻草。她的嘴唇颤抖着，不停地呼喊恳求着："医生，救救我，帮帮我……"

看着她扭曲的脸庞和充满泪水的眼睛，我紧紧地握住了她的手，试图给她传递一些力量和勇气。没想到，她拉着我的手后，竟然深情地亲吻了我的手，眼泪不停滚落下来。

那一刻，我的眼眶也不禁湿润。我俯身紧紧地拥抱了她，希望能用我的怀抱给予她一丝温暖和安慰。在那个短暂的瞬间，我们彼此的心灵紧紧相连，共同承受着这份生命的重量和疼痛的煎熬。

"刚才我以为自己会死，过不了今天。"——许多产妇在生完孩子之后都会说出这样的话。作为一名助产士，我深深理解产妇，特别是排胎的妈妈所承受的痛苦，她们更加需要关怀。我站在她的身旁，一只手一直握着她的手，另一只手轻轻地抚摸着她的肚子。

"不用害怕，我在这里陪你。"我不停地安慰她。

我喂她喝了半杯水，看着她干裂、苍白的嘴唇逐渐恢复了些许血色。我教她呼吸放松的技巧，让她在疼痛中找到一丝缓解。由于她是经产妇，不到半个小时，这个不足月（胎龄未满37周）的胎儿就分娩了。

胎儿娩出后，我将她安排在待产区的一个单独房间，远离其他产妇和新生儿的声音，让她能够在一个安静、私密的空间里休息恢复。

她声音哽咽，向我倾诉着怀孕以来的种种艰辛。她告诉我，这个宝宝是她经过多次促排卵治疗才好不容易怀上的。为了这个孩子，她在一年里，从几百公里（千米）外的乡下来广州，往返多次，几乎耗尽家里的积蓄，只为了给孩子一个来到这个世界的机会。

她原本打算等孩子再大一些，就提前终止妊娠，在孩子出生后立即为他治疗。即使借钱，也要竭尽全力救治孩子。然而，现在连这个机会都被剥夺了。她不知道未来是否还能再次怀孕，更担心下次怀孕是否还会遇到同样的问题。

我轻轻抚摸她的手臂，温柔地对她说："这一路走来，你们真的太不容易了。金钱、精力、情感的付出都是无法衡量的。"我感受到她的颤抖和无助，于是鼓励她："如果你此刻感到难受，就哭出来吧。我在这里陪着你。"

她终于忍不住号啕大哭起来，我紧紧地握住她的手，默默地陪伴在她身旁，让她尽情地宣泄情感。

她的眼泪渐渐停止，开始询问我宝宝出生时的模样，我温柔地描述了宝宝的特征，比如他的体重、身长、肤色、是否有畸形等。我询问她和她的家属，愿不愿意看看宝宝，是否需要留下宝宝的胎毛和脚印，最后她决定留下一对脚印作为纪念。

她的情绪慢慢稳定下来后，我轻声向她建议："下次怀孕前，你可以先进行产前诊断，尽量避免类似的问题再次发

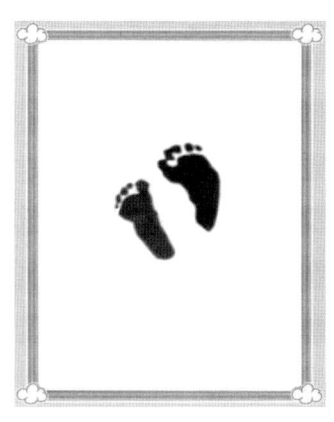

生。"她轻轻点头，回答道：
"好的，谢谢你！"

产房不只有充满活力、天真
可爱的宝宝，也有一些产妇，因
为胎儿患有严重的疾病，或者因
为各种原因胎死腹中，不得不
引产以终止妊娠。这些妈妈也要
经历像生孩子般的疼痛才能将胎
儿娩出。正常生产的产妇在经历疼痛时，想着腹中的宝宝，还
有坚持下去的力量。可是这些排胎的妈妈，却更加无助痛苦。
或许为了怀这个宝宝，整个家庭已经付出了很大的代价，包括
金钱和精力。有些因为基因问题流产许多次，始终都无法拥有
属于自己的宝宝；有些进行了几次试管婴儿，每次都能成功受
孕，并且还是双胞胎，但是到了有生机儿的阶段却突然流产；
还有各种各样的其他原因，使孩子无法保住。

每个人都会经历人生的痛，然而每个人的痛各不相同。我
希望能尽自己的能力，带着一颗慈爱的心，用爱去抚平世间每
一种伤痛！

〔知识链接〕
围产期哀伤辅导：指向围产儿死亡的产妇及其家属提供
身体、心理、情感和精神上综合的护理措施，以帮助他们度

过哀伤，恢复到危机前的社会功能状态。文中主要的哀伤辅导措施如下：

（1）产妇排胎后，马上将她安置在待产区单独的房间，提供安静的空间，避免听到其他产妇及新生儿的声音。

（2）在与产妇交谈时，依然用"宝宝"来称呼那个离去的生命，避免使用"他""胎儿""死胎"等词语，以此表达对这个小生命的尊重和善意，也让产妇感受到我们并没有因为胎儿的离世而有偏见。

（3）在合理的范围内充分尊重产妇和其家属的意愿，询问他们是否需要看看宝宝，是否需要为宝宝留下一些纪念，如胎毛、脚印，或是穿上小衣服拍照等。

（4）向产妇温柔地解释死婴的特征，包括体重、身长、肤色和是否有畸形等。

（5）当产妇倾诉时，静静地聆听，不打断，也不劝产妇不要哭泣。

撒花的人

"爱在右，同情在左，走在生命路的两旁，随时撒种，随时开花，将这一径长途，点缀得花香弥漫，使穿枝拂叶的行人，踏着荆棘，不觉得痛苦，有泪可落，也不是悲凉。"这是冰心《寄小读者》中的一段话，大致意思是生命之路有情感的陪伴，就算遇到挫折、险阻，也不会觉得难过。

产房，总是与新生、希望紧密相连。然而，在这个充满喜悦的场所，偶尔也会有些许的沉默与哀伤，有时也会迎来一些由于各种原因不得不选择引产的孕妈妈。她们或许因为胎儿的疾病无法继续妊娠，或许因为自身的健康状况不适合继续怀孕，或许已经出现了流产征兆，又或许因为个人的某些考虑而做出了这个艰难的决定。不论背后的原因是什么，对她们而言，可能都留有遗憾。

昨晚，一位孕妇从别的城市转诊而来，怀孕仅22^{+4}周，患有糖尿病和高血压，情况颇为复杂。当她到医院时，宫口已开了6厘米，但她的保胎愿望却非常强烈。

然而，经过一系列检查后，医生发现她的感染指标非常高，不排除宫内感染，并且开始出现发热等症状，显然已经不适合继续妊娠了。

当医生尝试与她沟通病情，建议终止妊娠时，她表现出强烈的抵触情绪，拒绝终止妊娠，坚决要求保胎。一开始，我们很无奈，甚至不理解她的坚持，因为此时对她来说继续妊娠非常危险。

"你们无法理解，我为了怀这一胎经历了多少。"她流着泪激动地说，"我之前已经失去过一个孩子，这一胎是试管的，我不能再没了。"

她的丈夫轻轻握住她的手，看着她，眼里满是无奈。在场的医护人员，有的沉默，有的眼眶开始发红。

然而，随着她感染指标的升高，她的病情已刻不容缓，需要尽快分娩。

"我们知道这对您来说很艰难，但感染指标持续上升，您必须尽快分娩，否则对您和孩子都有危险。"医生耐心地跟她讲解病情。助产士轮流去陪伴、安慰她："我们要有好的身体，才能更好地迎接宝宝的到来。""看您丈夫一直给您擦汗、按摩，平常也一定很爱您吧。""您想不想吃点什么呀，您妈妈想给您提前准备!"大家都尽力传递给她关心和关爱,也尝试让她转移悲伤的情绪。

她沉默着,没有说话,只是静静地躺着,或许她不是不知道或者不理解自己的情况,只是需要时间去接受。而我们能做的,除了针对她的病情进行治疗外,还要给予她精神上的支持。

过了许久,她轻声说:"我同意催产,但如果孩子出生了,我希望你们能尽力抢救。"

医生点点头:"我们会的,我们会尽最大的努力。"尽管大家都知道,这个孕周的新生儿抢救成功的希望很渺茫,但是也在尽最大的努力,哪怕最后只是给这位孕妈妈一点心理的安慰。

催产开始后,她的宫口很快就开全了,分娩过程也相对顺利,新生儿转儿科继续抢救。产后第三天,最终新生儿还是没有抢救成功。这时候,她没有之前的激动,仿佛内心早就知道这个结果,她很平静地说:"我也知道这几乎是不可能的,只是这个过程太难了,我不想那么轻易放弃。""是的,您已经做得很棒了,您努力了,宝宝也努力了,我们大家都努力了。"她微微点头,一周后她平安出院。"很感谢你们的陪伴,在我最难过、最无助的时候,给了我一点点支持。"她的声音带着些许哽咽。

产房里,有人正幸福迎接家庭新成员的到来,有人伤心地送别还没来得及看这个世界的小天使。在产房工作的岁月里,我们见证了太多孕妇的喜怒哀乐。每个人都带着各自的故事和期待来到这里,有人需要专业知识的指导,有人需要言语上的支持和鼓励，还有人需要我们无声地陪伴。与其说助产士是接生的人，我更想将助产士形容为帮助孕妈妈走过分娩道路的人。正如冰心所言，生命中的爱与情感，就像那路旁随时撒种、随时开花的美好，它们将这段艰难的旅途点缀得花香四溢。在孕妈妈经历引产的过程中，医护人员的专业与关怀，家人的陪伴与支持，就如同那路旁的花朵，为她们带来一丝丝的慰藉与力量，使她们在面对生命的挫折时，依然能够感受到温暖与希望。

如果说分娩是女性人生路上的一段荆棘之路，那么我们愿意成为那些在路旁撒花的人，让你踏着荆棘不觉痛苦，有泪可挥却不悲凉。

〔知识链接〕

临床上根据孕周将早产分为：

（1）晚期早产，即妊娠34～＜37周分娩。

（2）中期早产，即妊娠32～＜34周分娩。

（3）极早产，即妊娠28～＜32周分娩。

（4）超早产，即妊娠＜28周分娩。

根据相关资料显示，目前我国部分地区胎龄大于26周的超早产儿存活率已经超过80%，但胎龄22、23周的超早产儿存活率仍然比较低（分别为4%和18.3%，其中无重大残疾存活率分别为0和2.8%）。对于超早产儿的救治，仍然面临很多的挑战及各方面的问题。

4

成长足迹，进修之旅

从初出茅庐的学生，到能够独立接生的助产士，她们在不断的实践中成长，用专业的知识和温暖的心，迎接每一个新生命的到来。

抗疫日记

2021年6月4日

刚刚吃完午饭，我正准备开始下午的工作，突然接到了紧急通知——需要我去支援正处于疫情封控区的广州市荔湾区妇幼保健院。

接到通知的那一刻，我很激动，也很紧张。我有幸成为这次支援行动的一员。这是一种荣誉，也是对我专业能力的肯定，但我也担心自己是否能够做好严密的防护措施，既能完成任务，又能确保自己的安全，毕竟这一次病毒的威力超乎想象。

我迅速脱下手术服，赶紧为出发做好物品的准备，防护服、口罩、手套……我一样样清点着，脑海中不断回想防护措施的每一个步骤。希望我们能带着必胜的信心去，深入疫区跟新型冠状病毒（新冠病毒）来一场正面交锋。

2021年6月5日

今天是支援广州市荔湾区妇幼保健院的第一天，在这之前，我还跟我们可爱的第五队核酸小组们一起在各个检测点挥洒汗水呢。

然而，当接送我们的车辆缓缓驶入封闭区域，看着昔日车水马龙的公路、高架桥、隧道，现如今只能看到执勤的车辆横在中间时，心中的悲凉油然而生。我们的广州一定会加油，荔湾区的人民你们要挺住，我们一定会尽自己的能力去守护你们的安宁，挑战从来不可怕，可怕的是不敢去挑战。

2021年6月6日

进驻广州市荔湾区妇幼保健院的第二天，此前，这里所有中高风险即将分娩的孕妈们都是被转运到广医三院的，因此这几天这里的孕产妇人数并不多，但这里采集核酸的任务之重已经超出了医院原有的能力。

犹如百变金刚的我们，毫不犹豫地加入这一天采集核酸的队伍中。作为助产士，我们的首要任务是守护孕产妈妈们的健康，但哪里需要我们，我们一样可以成为小能手。我们的价值并不仅仅局限于产房，更可以体现在各个需要我们专业技能与无私奉献的地方。

2021年6月7日

今天的任务是为封控管理区的孕妈们进行产检。

一个临时腾出来的简陋诊疗室，现如今却是孕妈们唯一产检的地方。当我们看到原本进门一脸担忧的孕妈们，在一次简单的孕检、一次详细的孕期宣教后，露出了放心的笑容，我觉得这也许就是在特殊的时期里，给这里的孕妈们孕期生活增添的一抹希望之光。虽然天有灰暗的时候，但一定要相信，总会有人带你去看雨后的彩虹，而我们广医三院的助产士有幸在这个时候给身在封控管理区的孕妈们的天空抹上这一道彩虹。

在这紧张的疫情防控区域里，为了他人的安全，为了这次疫情能早日结束，孕妈们想要走出去真的很难，但作为助产士的我们一定会排除万难向你们走来。请相信我们，只要你们愿意，我们定会努力守护，让你们安心。

在回住宿的路上，我看着窗外的风景，突然觉得今天的天空特别的蓝。

2021年6月9日

今天也是忙碌而充实的一天。

我们承担了一项重要任务，为这里的产房制订一套适应当前环境的防护措施流程。整个上午，我们几位小伙伴各抒己见，畅所欲言，每个人都希望能在有限的时间内，商讨出一套详尽、严谨的防护流程。

到了下午，我们与同事们一起，给这里的医护人员进行了一场培训，内容包括防护分级需要准备的物品、穿脱防护服的流程，以及需要做三级防护的物品、环境、人员的准备。她们这方面的知识还是太匮乏了，因为在这之前她们还没接触过需要二级以上防护的病患。尽管医护人员一开始显得有些茫然，但经过我们的细致培训和共同演练，她们的应变能力得到了很大提升。看到她们从最初的困惑到最后的熟练，我们也收获了满满的成就感。

2021年6月11日

今天，我们与这里的医护人员一起，开展了一次针对来自高风险地区孕妇入院的演练。在整个演练过程中，医护人员全神贯注，紧张而有序地进行着布局，一次又一次地确认流程和物品准备情况，身负的使命让她们把每一次演练都当作真正的实践。

疫情就是命令，防控就是责任。只有发挥专业的技术知识，用实际的行动、坚定的信念，才能战胜每一次的恶魔。堤溃蚁穴，气泄针芒，我们唯有咬紧牙关、严防死守，坚持、坚持、再坚持，才能守得云开见日出。

2021年6月13日

早上8点，我准时进入产房进行交接班，了解每一位患者的病情。其中，阿华的情况引起了我们的关注，她是一位来自高风险地区的经产妇。虽然经历过生产的痛苦，但她对疼痛特别敏感，也特别焦虑，盼望着宝宝能快点到来。女子本弱，为母则刚。宫缩一次又一次给她带来疼痛，但她每一次都坚强地忍受着，我不禁佩服起母爱的伟大。

午饭过后，阿华的宫缩变得频繁，疼痛让她忍不住轻哼出声，便意感越来越强。在一旁的我观察到阿华的变化，立刻进行阴道检查，发现她的宫口已开8厘米。

准备上台接生！

做好三级防护措施后，我与此时宫口开全的阿华建立好双向沟通，开始指导阿华用力。

"深吸气，屏住呼吸，抓住两边把手，把腿打开，踩住脚踏，持续用力。

"调整呼吸，再来一次！"

然而，由于宫缩强度不够，阿华大汗淋漓，力气渐渐耗尽，用力的效果并不显著，在反复多次用力之后，阿华崩溃大哭。

"医生，好痛啊！宝宝的头出来没有？我太疼了，我不想生了！"

作为助产士，我们经常遇到因为剧烈疼痛和用力不佳而自暴自弃的产妇。在这种情况下，应给予她无限的肯定和勇气，激起她作为母亲的刚硬。只有不断地坚持，才可能试产成功。

我们台下的助产士不断为阿华鼓励和打气："阿华，再用力一点，宝宝就快出来了！""你是最棒的妈妈，为了宝宝，再坚持一下！""看到宝宝的头了，阿华，你做得很好！继续用力，马上就要成功了！"

终于，凭着阿华坚强的意志，我们迎来了宝宝"哇"的一声大哭，宝宝出生了！

宝宝伏在阿华的腹部，小嘴砸吧砸吧地开启自动觅食功能，当他接触到乳头时，便自动吸吮起来，发出"嗯嗯"的满足声，仿佛在告诉妈妈他很享受这个美妙的时刻。阿华的嘴角也笑开了花。分娩的旅程是那么艰辛，但是看着眼前的宝宝，一切都是值得的。

阿华热泪盈眶，千言万语尽在不言中，有对自己怀胎十月的告别，有迎接新生的喜悦，还有对医护人员的感激，我们在场的每个人都露出了欣慰的笑容。

都说助产士是托起生命的第一人，在这疫情防控常态化的时刻，我们更愿意成为每一位孕妇及新生命的避风港。

宝宝的出生意味着新生、活力和阳光，给我们无尽的信心与希望。今日，广州市新冠肺炎疫情防控领导小组（指挥部）的好消息更是让我们看到了胜利的曙光——同意解除5个区11个区域的封闭封控管理措施。端午佳节之际，我希望天下所有的宝妈能顺利生产。

2021年6月14日

午月端阳又逢今，雾锁城乡连天阴，龙舟激流吟九歌，汨罗江水朝天问，鸡鸣拂晓采蒿归，露重风清打衣襟，借问屈子今安好，谁知男儿报国心。今年的端午节，对我来说意义非凡。

早上醒来，一打开房门，就收到了住所送来的粽子和问候。看着一大一小的两个粽子，我第一反应感到惊喜，下一秒却感动落泪，没想到在这个时候还能吃上粽子。

昨晚临睡前，我还怀念着小时候外婆做的粽子。那又香又糯的糯米，里面包裹着外婆凌晨5点跑去市集购买的新鲜猪肉，肉上面还点缀着零零散散的黑芝麻。当外婆还在包的时候，我已经是垂涎欲滴，恨不得马上能吃上一口。我围在外婆的身边，绕来绕去，就差希望外婆能有催熟的功能了。等得困了，就拿张小凳子依偎着坐在外婆身边，闻着粽子叶的清香，嘀嗒着口水入睡。如今我眼前这一对儿一大一小的粽子，多么像小时候的我跟外婆啊。

端午节安康！希望我们所有的同胞都能吃上一口满含着家人爱的粽子，都能在未来的日子里安心健康。同时，也希望孕妈和肚子里的宝宝都能像这两颗粽子一样紧紧相依，共渡难关。

2021年6月15日

这是我进入支援阵地后的第一个值班日，接班时产房里还空无一人，我心中还暗自庆幸，以为能度过一个轻松的夜班。

但是，嗯……人或许不应该对未知充满过多的幻想。

在享受了两个小时的平静后，我突然接到了紧急电话。一位来自高风险地区的瘢痕子宫孕妇因规律宫缩，要求剖宫产结束分娩。由于她来自高风险区，我们需要提前进行准备，包括物品、环境消毒，以及医护人员的防护。

在三级防护下，一台手术下来，每位医护人员的衣服都已被汗水浸透，脸上的防护面罩也因汗水而变得模糊不清。但听着宝宝出来的那一声啼哭，看着孕妇脸上露出的幸福笑容，我们在场的所有医护人员都觉得，没有什么逆境是新生命的一声啼哭、一位伟大母亲的笑容所不能打败的。

刚整理好剖宫产术后的护理文书，又一位宫口已开6厘米的经产妇被紧急送入，她同样来自高风险地区。来不及换掉湿透的衣服，我立刻继续穿上新的防护服，做好上台接生的三级防护准备。

因为情况紧急，这位孕妇显得有些焦虑和担忧。但当我跟她介绍我是来自广医三院的助产士，并取得初步的有效沟通后，整个过程她都相当配合。当宝宝平安降生后，她激动地感谢我们，并肯定了我们的专业和耐心。疫情当下，每一位妈妈跟宝宝都是那么的不容易，生于危难的他们，相信在以后的日子里会更加勇敢和坚强。

2021年6月16日

"铃、铃、铃……"又是一阵急促的电话铃声响起，我拿起电话，电话那头传来了急诊科医生焦急的声音："我们这里来了一位高风险地区的初产妇，宫口开全，但羊水情况是Ⅲ度，胎心音出现早期减速，现在正往你们产房送，请立马做好接收产妇的准备！"

放下电话，产房内的气氛顿时紧张起来。同事们立刻开始准备防护措施，同时也要做好阴道分娩或者剖宫产的准备。

没过多久，产妇被急匆匆推进了产房。我赶紧为她绑上胎心监测仪，屏幕上的数据让人心惊：胎心减速，变异减速，这不是好兆头。值班医生也进行了阴道检查，发现胎方位是足先露，经过初步评估后，大家一致认为经阴道分娩的可能性不大，当即决定立刻行紧急剖宫产结束分娩。

时间紧迫，为了确保母婴的安全，麻醉医生甚至来不及进行全身麻醉，产科医生在产妇的肚子上行局部麻醉后，就开始了剖宫产手术。说实话，剖宫产手术的疼痛，哪是局部麻醉可以缓解阻断的。医生在她肚子上每划一刀，产妇就发出惨烈的嚎叫声，每一声都撞击在我的心上，痛苦，无奈，无能为力。但我也清楚，如果医生不争分夺秒地进行手术，宝宝在里面多待一秒钟，危险就多一分。在这样的紧急情况下，医生们必须理性而果断地作出决定，即使明知这样会给产妇带来剧烈的疼痛，即使每一声嚎叫撕心裂肺，但她们必须为产妇和宝宝的安全做保障。

当听到宝宝出来后的那一声啼哭，我们在场的所有工作人员都如释重负地松了一口气。每一位产妇长达十月的怀胎过程是何等不易。我们总是期盼着，当分娩到来的时刻，母亲和孩子都能平平安安，谁也不愿意经历这种过程。然而，意外的来临我们无法完全掌控，只能尽最大的能力、用最好的方法为每一位产妇及宝宝保驾护航。希望这位妈妈能尽早从剖宫产的疼痛中缓过来，希望这位宝宝健健康康地成长，希望这场疫情赶紧过去。

2021年6月18日

今天我们在这里开展了自由体位分娩。

产妇丽丽是位三胎宝妈，即使已经生过两个宝宝，在面对即将到来的生产时依旧紧张不已。宫缩带来的疼痛逐渐加剧，为了尽可能地减轻分娩时的疼痛，我们的助产士乐琴姐在跟丽丽进行沟通并取得配合后，觉得丽丽可以开展自由体位分娩。

丽丽选择的分娩体位是跪趴位。当她的宫口完全打开后，在乐琴姐的指导下，丽丽开始用力。刚开始，她还没有找到用力的技巧，但在助产士的多次耐心指导下，她逐渐找到了感觉，有了很好的效果。

随着时针的转动，宝宝在大家的期待中来到了这个世界。由于丽丽的配合，整个分娩过程很顺利，会阴完整，出血量也很少。丽丽开心地表示："我从来没想过能用这种方法生宝宝，更开心的是没有裂伤，要是前两胎也能这样生就好了，很感谢助产士，让我体验到简单又舒服的分娩过程！"

看着乐琴姐熟练而有耐心的接生手法，再看着丽丽脸上洋溢的幸福笑容，我多想将这一温馨的画面定格。因为它让人看到了世间的美好，让人看到了医患之间的信任，让人看到疫情当下依然幸福的我们。

2021年6月19日

导乐，顾名思义，就是在助产士的专业指导下，产妇在快乐的过程中进行分娩。在普通人的潜意识里，分娩是一个被宫缩折磨的痛苦过程。现在，再加上对疫情的恐惧、没有亲人在身边的孤独感，每一位产妇必然会对分娩产生更加强烈的惧怕，甚至是抗拒。

今天，小莉一个人躺在产床上，她被宫缩的疼痛折磨着，没有亲人陪伴在身边，她显得尤为孤独。作为她的助产士，我虽然不能替她分担疼痛，但我想帮助她减轻疼痛；虽然我不是她的亲人，但我可以陪伴她，让她感觉到温暖。

于是，我用戴着防护手套的双手紧紧地握住她微微颤抖的手，希望我双手的温度能透过防护手套让她感到温暖。小莉先是有些错愕，她抬头看了看我，脸上很快露出了笑容，轻声对我说："谢谢你，助产士。"

接着，我指导她进行拉玛泽呼吸，并让她在体力允许的情况下下床，在轻柔的音乐中进行了简单的分娩瑜伽操。

或许是我们助产士的陪伴给予了她对抗宫缩疼痛的力量，或许是肚子里的宝宝感受到了妈妈的辛苦，变得更为安静和体贴，又或许是她在逆境中的坚强感动了上天，在某些时刻，小莉甚至忘记了宫缩的剧痛，满怀期待地与我们分享即将与宝宝相见的喜悦。看着她脸上满是幸福的笑容，我在想，或许这也是我们助产士存在的意义，如果没有我们，小莉对于分娩的记忆是不是只有剧痛、恐惧、孤独、无助……

很快"哇"的一声，小莉的宝宝终于跟我们见面了。因为他是在新冠疫情中出生的勇敢宝宝，我们助产士打趣地建议小莉给宝宝取个乳名"冠军"，希望小家伙以后能成为一个勇敢的宝宝，做自己人生的冠军。

2021年6月24日

今天，我们终于解封啦！

〔知识链接〕

新型冠状病毒，也被称为COVID-19。这种病毒具有高度传染性和致病性。新型冠状病毒引起的传染性疾病，称为新型冠状病毒感染。患者感染后可出现呼吸道症状、发热、咳嗽、乏力、呼吸急促等一系列的不适症状，严重时甚至导致死亡。

新型冠状病毒对全球公共卫生和经济造成了巨大的冲击。为此，政府和卫生机构采取了多种科学有效的措施，包括加强病例监测、隔离和治疗患者、追踪和隔离接触者、加强社区防控、推动疫苗研发等。

在疫情防控之下，医护人员也在为母婴保驾护航的路上披荆斩棘，所向披靡。

一名助产士的成长

第一次听说"助产"，是在高考录取查询的时候。原本我梦想着做一名医生，但当录取专业显示"护理（助产）"时，我有些愕然。仅仅从字面上来理解，我以后要从事传统上被称为"接生婆"的职业了吧，甚至开玩笑地和同学们说，以后就我帮你们接生了。

开学时我才了解到，原来我的专业毕业之后是从事护理工作，这个消息像一盆凉水浇在了我头上。受传统观念的影响，我认为护士的社会地位无法与医生相提并论。我没有办法做医生了，心中充满了失落和难过。高中三年的努力，高考分数超出一本线那么多，怎么就学了这么个专业呢？尽管心有不甘，但既来之则安之，我也只能接受现实，并下定决心好好学习。

四年的本科学习转瞬即逝，毕业后我成了一名产房的助产士。在医院工作的半年里，我从一开始对助产充满新鲜感，到逐渐感到疲惫和麻木。好累，每天跑来跑去，腿都要断了，什么时候可以退休呢，还有多少夜班要熬啊。

又是一个白班，我像往常一样开始了工作。今天我负责待产区（孕妇未临产至宫口开3厘米等待生产的区域）。我深吸一口气，接班后开始查房，我熟练地为产妇绑上胎心监护仪、看胎心监护图像，手中的笔不停地记录着。

6床的胎心监护图像断断续续，我已经调整了两次，但它依旧固执地跳动着不稳定的"旋律"。我心中涌起一丝烦躁，难道是孕妇不停动弹导致接触不良？可是，当我走到床边，却见她安静地躺着，并未有任何动作。我心中的疑惑更甚，于是再次调整了胎心监护的探头。

不对劲，胎心不对劲!

它太慢了，只有60次/分，远远低于正常的110～160次/分。我心中的不安瞬间放大，赶忙叫来了管床医生。她拿起多普勒胎心监护仪，在孕妇的腹部仔细寻找胎心，找了30秒左右，听到的胎心都是隐隐约约的，很不清晰。

我有点害怕，但又带着些许疑惑。这位孕妇既没有破水，又没有宫缩，还没有做其他操作，正常待产怎么会突然胎心减速呢？为了安全起见，我提议用B超机进一步确认。医生点头同意后，我立刻跑去推来B超机，心中默默祈祷着一切平安。

当B超机推到床边时，6床周围已经围满了人。我迅速打开B超机，屏幕上跳动的数字证实了我的担忧——胎心率确实低至60次/分！医生果断下达了紧急剖宫产的指令，同时，我们助产士们立刻各司其职，默契地配合着医生。有人完成术前准备，包括备皮、插胃管、准备补液、检查物品等，有人完成病历书写，其他人帮忙把产妇转运到手术室并且摆好体位，准备好手术器械。

大家说话的分贝都不自主地提高了，虽然外人看来场景有些混乱，但平时对于紧急剖宫产的演练，可是每个人都要过关的，大家都谨记自己的职责，每一次的演练都为了这一刻的准备。不到5分钟的时间，宝宝就顺利出生了！

宝宝出生后就被送往新生儿科观察，我悬着的心却始终没有放下，持续追踪着宝宝的情况，当得知宝宝在新生儿科不到一周就平安出院时，我终于放下了心中的大石头。因为我知道，我们的及时发现和迅速处理为宝宝的健康守住了一道重要的关卡。

剖宫产结束后，我站在一旁，心依旧怦怦直跳。担忧、害怕、紧张和庆幸，各种情绪压在心里。护士长将我叫到一边，想了解一下情况，我如实道来，话音刚落，终于绷不住泪水，抱着护士长哇哇大哭，第一次遇到这种情况，那一刻的恐惧与无助只有我自己能体会。

然而工作还在继续，我擦干眼泪重新回到岗位上继续履行我的职责。当我再次走进那个病房时，5床的孕妇关切地询问："6床妈妈是剖了吗？"

我强忍镇定，但仍然带了一点哭腔回答："嗯，胎心不好，紧急剖宫产了。"

"那宝宝有事吗？6床妈妈和我说她一直怀不上，这次是试管的，家里人对宝宝都很期待……"

"宝宝还好，但是要去儿科观察一下，这样安全一些。"我知道我快要哭出来了，但是不可以在她们面前哭，说完这句话，我便匆匆离开了病房。

那件事后，我常常会想，如果当时在绑胎心监护仪的时候，孕妇说要去洗手间，或者要吃饭，又或者我稍微疏忽了，没能及时注意到胎心监护的异常，又或者我未能及时巡房……但凡任何一个"如果"，都可能让这个宝宝的结局截然不同。直到现在，我仍然清晰地记得那个决定性的时刻——8:53，这个数字成为我职业生涯中一个永远的警示。

〔知识链接〕

胎心音的正常范围在110~160次/分，造成胎心缓慢的原因比较多，具体如下：

（1）母体因素：母体血液含氧量不足，如合并心脏病、心功能不全、肺部感染、慢性肺功能不全、重度贫血等。

（2）胎儿因素：如胎儿发育异常、母儿血型不合，胎儿发生宫内感染或损伤致胎儿运输及利用氧的能力下降等。

（3）脐带因素：如脐带脱垂或脐带扭转等，可引起胎儿宫内急性缺氧，导致胎心缓慢。

（4）胎盘因素：如前置胎盘、胎盘早剥、胎盘功能低下等。

胎心缓慢是危险的信号，一旦发现需要尽早干预，以免导致胎儿宫内缺氧甚至胎死宫内。

助产士的37℃

这是我上班以来的第二个P班（16:00—00:00），我像往常一样跟着带教老师进行床边交接班。当来到分娩3室时，这个室间的孕妇小江已开始出现疼痛，面露疲惫，有便意感。

老师在进行常规会阴抹洗、宫颈内口检查后，发现宫口已经开全，胎位是枕后位。

"小江，一会儿我们指导你正确用力把孩子生出来！"

没想到小江来了一句："我感觉我自己没有办法用力，我很担心我会晕过去！"

我观察到小江并未因宫口开全而感到惊喜，反而显得疲惫无力，即使在有便意感难受的情况下也缺乏往下用力的积极性。我意识到小江正处于极度焦虑的状态中，长时间的疼痛和产程折磨已经让她身心俱疲。如果不及时缓解她的焦虑情绪，小江可能会出现胎儿窘迫、难产、产后出血等并发症。因此，我主动向带教老师提出，由我来陪伴守候，并管理小江后面的产程。

作为一名助产士，需要不断学习和提升自己的专业知识和专科技能。一位前辈曾这样对我们说过："产房的知识需要用一辈子去学习，永远都学不完，我们要把每一位产妇当成一个个案来对待，她们的产程、情绪、病情都会存在差异性。"我想这大概就是专科护士应该要有的独具慧眼吧。

接手小江后，我首先翻看了小江的病历和产程记录。我发现她已经历了长达22小时的第一产程，且当前疼痛感依然强烈。好的是，小江的丈夫一直在旁边陪伴着她。

为了与小江建立信任，我走到她的左手边，理了理她额前有点凌乱的碎发，轻轻地抚摸了一下她的头，我握住她的手，想通过这简单的接触，传递给她力量和勇气。通过温暖而无声的肢体语言，小江逐渐放下了心中的防备，眼中流露出一丝信任。随后，我进行了自我介绍，并与她和她的丈夫进行了简单的对话，了解到他们目前最担心的问题。

"小江，你现在想用力把宝宝生出来吗？"我目光坚定地看着她的眼睛问道。

此时，小江的情绪稍微稳定一点了，她也肯定地回答我："虽然我很想用力，但是我担心我用不上力，我怕我会晕过去。"

我接着问她："为什么你觉得自己会晕呢？"

她叹了口气，回答道："我的产程太长了，已经疼了一天一夜，我没怎么睡过，吃得也少，还这么瘦，力量不够，而且宝宝一直是枕后位。"

我理解地点点头，继续问道："那你是不是非常希望快点结束产程，早点见到宝宝呢？"她的眼睛立刻亮了起来，用力地点点头。

我微笑着鼓励她："那我们就一起努力，让这个过程更顺利一些。现在，我们先深深地进行3次呼吸，让自己平静下来。然后你再吃点粥，闭目养神，休息一下，调整好情绪。如果你能小憩一会，等状态好点之后，我再指导你用力，好吗？"我的建议得到了她和她丈夫的积极响应。

经过半小时的休息，小江的宫缩愈发强烈，不自主用力感也越来越强。看着她那瘦弱的身躯，我知道这场分娩对她来说，是个巨大的挑战。她的BMI只有14.88千克/米^2，而宝宝的预估体重却达到了3.6千克。

我先让小江采用截石位用力看看效果，但是胎头的下降感并不明显。由于我之前的耐心护理已经取得了她和她丈夫的信任，我又指导小江尝试了侧卧位、蹲式、站立位，以及坐位等不同体位的分娩方式，让她根据自己的感受选择想要的体位，这样可以充分利用重力的作用，加速产程的进展，同时调整胎方位，缓解分娩疼痛。

在胎头拨露时，小江已经要筋疲力尽了。终于，宝宝的头因为运动增加，转到了最适合分娩的位置，胎方位成功转为枕前位，为最后的分娩创造了有利条件。

经过2个小时的艰苦努力，第二产程终于结束，母婴平安。当宝宝呱呱坠地，啼哭声在夜里显得格外洪亮，也让我们所有人的心都放下了。小江露出了兴奋和幸福的笑容，疲惫仿佛一扫而空，这大概就是初为人母的模样吧。

小江的丈夫也感动得热泪盈眶，他轻轻吻了吻小江的额头，在她耳边说着感恩和甜蜜的话语。这一幕温馨而感人，让我坚信：只有共患难过，亲身经历，才能更好地感同身受。

产后第二天，我对小江进行了访视。她容光焕发，已经看不出丝毫的疲惫。她紧紧地拉着我的手，感激地说："幸好当时有你，陪我度过了最艰难的时刻！"小江形容，没有我陪伴的时候是一段黑暗、无尽头的时光，而我的鼓励和陪伴一直在带动着她、鼓舞着她。

此刻的七月夏日，阳光透过窗户洒在小江的脸上，她的笑容如夏花般绚烂。我感受着夏日的微风，觉得它是那么清爽和惬意。

〔知识链接〕

自由体位分娩的分类

（1）侧卧位：有统计表明，侧卧位是保持会阴完整率最高的分娩体位，可以使会阴放松，减少会阴撕裂，更好地保护会阴部；可以改变骨盆形状，增大骨盆空间；减轻胎头对宫颈和骶尾骨的压迫，改善宫颈水肿和腰骶部疼痛等。

（2）站立位、蹲位：站立时，借助重力作用，可以使胎先露更好地压迫宫颈，从而加速宫缩，促进胎头下降；可以增大骨盆入口；站立进行骨盆摇摆时，有利于促进枕横位、枕后位胎头进行内旋转；减轻胎先露对骶骨的压迫，减轻腰骶部疼痛；增加胎儿供氧量，减少胎儿窘迫发生；用力时可以增加产妇向下屏气的力量，缩短产程。

（3）跪位：有调查表明，跪位在产程中已逐渐成为较多产妇选择的体位。跪位分娩可增加胎儿在子宫内的活动空间及骨盆出口的空间，能较好地利用重力，有利于胎儿的娩出。同时可减轻胎儿对产妇腰骶部压迫的疼痛感，增加产妇舒适感。并且方便医护人员进行阴道检查，有利于枕后位胎儿的旋转及减少肩难产的发生。

（4）坐位：坐位分娩可使骨产道空间增大，顺应分娩机转的生理体位，能充分发挥胎儿的重力作用，加强宫缩，缩短产程。也可使产妇屏气，避免在第二产程不正确使用腹压而消耗体力。

进修成长记

　　自由体位分娩是我这次进修时收获最大、受益最深的知识。以前在自己的单位，我一直使用传统的截石位接生。虽然在各种媒体上看过相关报道，但自由体位分娩对我来说是纸上谈兵，从未真正实践过。因此，有了这次宝贵的学习机会，我向带教老师表达了我的学习意愿，她非常热情且有耐心地对我进行了指导和实操。

　　我清楚地记得，刚进组没多久，带教老师就让一位孕妈妈采取了侧卧位分娩。产后会阴完整，没有裂伤，让我见识到了自由体位分娩的神奇之处。之后，老师给我展示了不同体位接生的视频，具体讲解了如何实施自由体位分娩：侧卧位、跪趴位、蹲位、站立位……她对每一种分娩体位的接产时机和接产技巧都进行了深入浅出的讲解。

老师经常对我们说："你们都是经验丰富的助产士了，只要掌握了自由体位分娩的重点、方向和理念，在保证母婴安全的前提下，根据产妇的舒适度去选择合适的体位接产，你们很快就能掌握这项技术。"

很快，我就有了实践的机会。一天值夜班的时候，一位二胎妈妈被家属十万火急地送到了急诊。经过初步检查，她的宫口已经接近开全，情况紧急。

"小徐，这个产妇是经产妇，产程太快，适合侧卧位分娩，可以减缓胎头娩出的速度，减少会阴损伤，你可以上去操作。"因为学习了一段时间，老师给了我独立上台的机会。

我心跳即刻加速，虽然已经学习了一段时间，但真正上台操作还是第一次。

"有我在，你可以的，请相信自己！"老师一直鼓励我。

带着老师对我的期待和肯定，我深吸一口气，稳定了下情绪，便果断地走上了手术台。我按照所学的技术要点，一步一步地进行操作，心中默念着每一个细节。

终于，孩子顺利出生了，产妇的会阴也完整，没有裂伤。

我松了一口气，心中充满了成就感，我独立完成了一次侧卧位分娩！感谢老师给予的机会和对我的信任，在放手不放眼的情况下，让我有了这么深刻且宝贵的临床实操机会。

之后，只要有适合自由体位分娩的机会，老师总是毫不犹豫地带我上台接产。在老师的不断支持与鼓励，手把手地实操指导下，我与老师共同完成了侧位、跪趴位、站立位等不同体位的接产。每当我在助产技术上有所提高和进步时，老师总是毫不吝啬地对我进行表扬和赞美，给我正向反馈。这，也许是我成长飞速的原因吧！

不久后的一天，我又跟着老师去给一位高龄产妇做导乐。一开始，产妇因宫缩引起腰部太过疼痛，不愿与我们多做交流。于是，老师就在做好基本的医疗护理后，将房间的灯光调暗，然后站在产妇背后为她按摩。老师什么话也不说，就这样默默地陪伴着产妇。也许老师的这个举动给予了产妇亲切感与安全感，她放下了心里的戒备，我们也感知到了她的变化，因此，我们的导乐顺利开始。我们先去理解她的感受，与她共情，一下子就拉近了彼此之间的距离。随后我们做了简单的自我介绍，让产妇认识我们、信任我们，知道我们在她分娩过程中所起的作用。

宫缩来临时，老师指导产妇如何进行呼吸，告诉她宫缩是来帮助我们的：宫缩是产力、是推力，推着宝宝的头下降，每次宫缩，宝宝就下来一点点，我们离见到宝宝就更近一点，要感恩每一次宫缩。在产妇每经历一次宫缩后，老师都会给予她鼓励及正向引导。

然后，在产妇可以耐受宫缩的情况下，放着她喜欢的音乐，让她下床进行骨盆摇摆，同时，也让准爸爸跟准妈妈一起跟随着音乐进行曼舞，以增进夫妻之间的感情，让爱的催产素释放……

宫缩虽然越来越强，但产妇不再害怕，而是从容地面对这一切，她的意志也越来越坚定。在我们的陪伴与指导下，产妇顺利诞下自己的小宝宝。

之后，在和老师的探讨中，我问出了心中已久的疑问：

"老师，导乐的本质究竟是什么呢？"

老师告诉我："导乐，并不是千篇一律的，而是存在个体差异。我们需要去洞察产妇的需求，提供针对性的导乐方案。我们不仅要缓解她们躯体上的痛苦，更要在心理上进行正向建设、正向引导，帮助她们建立分娩的信心！我们的职责是温柔的陪伴，是产妇分娩路上的坚强后盾和定海神针。"

"小徐，一个真正的导乐师不是一个按摩小妹。"老师的眼神透露出严肃与热情，"当然，我们可以在产妇需要时为她按摩以缓解疼痛，但这并不是我们的主要任务。我们要给予她专业的指导，让她知道我们是来帮助她分娩的，让她知道分娩所经历的过程及应对方法，并且让她从内心接受宫缩、感恩宫缩，觉得分娩是一件很幸福的事情，从而增强分娩的信心，这也是分娩的心理建设。"

这番话深深地触动了我。在后来的导乐实践中，我遵循着老师的导乐理念，不断地学习和提升自己：温柔陪伴、建立信任、正念冥想、正向引导与反馈、个体化的减痛方案等，以此来缓解产妇躯体和心里的痛苦，让其由内到外感受到分娩的快乐与幸福，从而促进自然分娩。

我们是产妇分娩路上的指导者、陪伴者，是互相信任和并肩作战的好伙伴！

〔知识链接〕

侧卧位分娩的优势与劣势

1. 优势

（1）可改变骨盆形状，轻微打开骶髂关节，增大骨盆空间。

（2）胎儿重力方向与母体产道垂直，可减轻胎头对宫颈和骶尾骨的压迫，有利于产程进展过快时降低分娩速度。

（3）减少子宫对下腔静脉的压迫，保证胎盘供血，减少胎儿窘迫的发生。

（4）第二产程胎儿下降时有利于骶骨向骨盆后方移位，有助于异常胎方位胎儿的胎头旋转。

（5）可改善因仰卧位低血压及脐带受压导致的胎心异常。

（6）会阴放松，可减少会阴撕裂。

（7）适合使用镇痛药物及较疲惫的产妇。

（8）有助于降低血压，尤其是采取左侧卧位时。

（9）可缓解痔疮及骶骨受压。

2. 劣势

（1）对抗重力，不利于产程进展，胎儿重力方向与母体产道垂直，减轻了胎头对宫颈和骶尾骨的压迫，从而降低了分娩速度，故产程进展缓慢时不宜采用。

（2）长时间侧卧也易导致产妇疲劳，故应及时指导产妇更换体位。

侧位分娩的新体验

今天是我到产房进修的第29天，我已经逐渐适应了大环境及工作流程，在老师的带领下，我即将迎来经由我手的第一位侧位分娩的宝妈——小玲。

这次是小玲的第二胎，目前正在待产，我们密切关注着她的情况，因为她的宫口开了2厘米，但产程已经停滞了4个小时，没有进展。

充分了解她的情况后，我们建议小玲下床活动，以使胎头衔接得更好，宫缩时胎儿能够更快地下降，扩张宫口。

在征得老师及小玲的同意后，我协助她下床进行活动。舒缓的音乐响起，她的骨盆左右轻轻摇摆。小玲轻松愉悦地和我们聊天谈笑，分享着怀第一胎时的经历，她告诉我们过程十分艰辛，并且侧切伤口愈合良久。

"这次分娩，我们可以尝试一种新的方式。"我向她提出建议，"你可以侧躺着生宝宝，这样不仅会更舒适，还能减少会阴的裂伤。"

小玲听后表现出了极大的兴趣和好奇："真的吗？我还可以侧躺着生孩子？"

"当然。"我鼓励道。

在摇摆了大约30分钟后，小玲突然说："我感觉到强烈的便意，是不是快要生了？"

我们迅速协助她上产床，进行了内诊检查。"太好了，宫口已经开全了。"我兴奋地告诉她。

在整个分娩过程中，小玲都表现得非常勇敢和配合。随着宫缩的加剧，她按照我们的指导用力，在看到宝宝的一点头发时，我们协助她向左侧躺着，消毒、铺巾，激动人心的时刻就要到了……

很快，宝宝就出来了，在成功分娩的那一刻，小玲无法控制地激动地喊出声，甚至身体也不由自主地抖动起来。我们的组长老师立刻走上前去，一把抱住了小玲，不停地安抚、鼓励她："好了，没事没事，生完了，你真的太棒了，来，跟着我一起深呼吸，放松……"

在此刻，我深刻意识到了肢体语言的魅力，就在那一瞬间，宝妈立刻放松了下来，并且全身心地依赖着我们。她平复下来和我们讲的第一句话就是"谢谢，我真的太感谢你们了，我竟然侧躺着也能生孩子"。没错，分娩已经不仅仅是传统意义上的截石位了。

第二天，我和老师对小玲做回访，她正在悠闲地吃早餐，宝宝在一旁的婴儿车里安睡。

我们自我介绍完之后，小玲特别激动地对我说："原来你就是锐锐！我记得你的声音，现在终于对得上名字了。在我生孩子的时候，你们一直在旁边给我加油和指导，可是我当时背对着你们（侧位），看不到你们的脸。"

我听后心中一暖，说道："你记得我们的声音，以及给你的鼓励？"小玲连连点头："记得记得，我这辈子都不会忘记！"

我也开心地回应："在生产中能够帮到你，我感觉这比什么都重要。"

我们聊了一会儿，小玲又兴奋地告诉我们："你们知道吗？今天我已经完全没有伤口和身体的不适了，感觉自己健步如飞。我自己都惊讶了，昨天才刚生完一个孩子，现在却像什么都没发生过一样。这次的分娩体验真的太好了！"

听到小玲的反馈，我和老师都感到非常开心。最后，我们和小玲愉快地合了影，定格下了这难忘的时刻。一种自豪感在我心中油然而生，是啊，还有什么能够比有人认可你的付出更加令人愉悦呢？

〔知识链接〕

侧卧位分娩的应用时机

1. 以下情况可采用侧卧位分娩

（1）产程进展过快，为减轻屏气用力作用及减慢胎儿下降速度时。

（2）产妇使用硬膜外镇痛分娩。

（3）仰卧位痔疮疼痛。

（4）产妇疲劳，不能利用其他体位纠正异常胎方位。

（5）耻骨联合分离、屈大腿困难者。

（6）患有高血压的孕妇。

（7）产妇感觉舒适，愿意选择。

2. 以下情况不采用侧卧位分娩

（1）产妇侧卧时自觉疼痛加剧、不舒适，拒绝使用时不采用。

（2）第二产程进展缓慢，需重力作用使胎头下降时不采用。

（3）侧卧位超过1小时，产程仍无进展时不宜采用。

产房里的"六边形战士"

提及"六边形战士"，人们往往会联想到乒乓球选手马龙，其全面的技术和能力使日本媒体以"六边形"雷达图来称赞他的超凡实力。而在我们的产房，也有这样一群不为人知的"六边形战士"——助产士，她们的专业技能和全面素质让我深深敬佩，也让我立志成为她们中的一员。

自从2023年7月大学毕业后，我如愿进入医院的产房工作，朝着一名优秀的"六边形助产士"而努力。在这段职业生涯的初探中，我逐渐领悟到，要成为一名优秀的助产士，不仅要求具备丰富的医学知识，更需要熟练掌握和运用产房内所必需的各项技能：灵活操作的双手、行动迅速的双脚、敏锐观察的眼睛、善于沟通的嘴巴、善于倾听的耳朵及持续学习的大脑，这些共同构成了助产士的"六边形"能力框架。

灵活操作的双手

在产房，有这样一句广为流传的话："手是助产士的另一双眼睛。"这强调了助产士需要持续保持手指的灵活性和敏感性。

当产妇进入产房待产后，对产程过程的监测主要依靠我们的双手，我们需要定时为产妇做阴道检查，才能知道目前产程进展到什么程度。同时，手也是一把现成的尺子，每一个助产士都要知道自己手指的宽度和长度，以便进行阴道检查时可以估测宫颈具体开口多少，宫颈管消退多少，将这些信息传达给其他人并及时做好准备。

行动迅速的双脚

一名优秀的"六边形助产士"，要有像短跑冠军苏炳添那样的"飞毛腿"。在产房，我们最不愿意看到的是胎心减速，每天最希望的是母婴平安。

如果产妇胎心监护突然出现大大的延长减速图形，经评估无法立即经阴道分娩时，我们会迅速行动，在产房手术室行紧急剖宫产。"阿姨，××床过床到产房手术室手术。""××，你给产妇插尿管，××，你负责开通静脉通道、保持通畅。""××，通知麻醉科、手术室、儿科医生。""××，洗手上台先做器械护士。"紧急时刻，大家都各司其职，迅速完成术前准备，尽快实行剖宫产，保证母婴安全。

敏锐观察的眼睛

助产士需要有敏锐的观察力，以及时发现产妇和胎儿的变化，预防和处理可能的风险。进入产房后，产妇非常容易感到无助，频繁的宫缩痛、待产的疲乏、面对多人的羞愧……这就需要我们善于运用双眼，感知到这些情绪的流露，倾听她们的声音，及时与她们进行沟通。

善于沟通的嘴巴

有效的沟通是建立信任和理解的关键。现在我最常用、主动向产妇进行的宣教便是"这位妈妈，当你有宫缩痛的时候，可以用鼻子吸气，像闻花香一样，然后用嘴巴像吹蜡烛一样慢慢吐气，同时你也可以侧身躺着，放松腰背，会更加舒服，待会你出现了……这些症状可以按铃叫我们，我们会过来给你查一下，看产程进展如何"。

我们一定让她们明白，待产过程中哪些是正常的症状，出现什么样的情况时需要按铃告诉我们。

善于倾听的耳朵

助产士应该是一个好的倾听者，倾听是建立连接和理解的重要方式。无论是她们的疼痛呼喊、焦虑低语，还是对分娩的恐惧和期待，这些声音都包含着重要的信息，我们可以更全面地了解她们的状况和需求。有些产妇比较特殊，比如我之前遇到过一位产妇，她已经流产3次，现在宝宝23周，难免流产（不可避免流产）却有极大意愿保胎，这个时候她们的情绪流露会非常强烈。我们在安慰的同时，一定要学会倾听，让她们能够吐露内心的声音。

除此之外，产房外及手术室外还有一个不应被忽视的群体——家属。他们同样承受着巨大的心理压力。无论是产妇胎膜早破紧急入院，还是新生儿需要转入儿科治疗，抑或是产妇面临紧急手术，每一次的变动都牵动着家属的神经。

一位师姐和我说：其实有时候我们可以和家属多说一些产妇的情况，让他们更安心，要耐心地解答他们的疑问，缓解他们忧虑的心情，毕竟分娩对一个家庭来说是件很重要的事。学会倾听、观察和沟通在产房是非常重要的，可以帮助规避许多风险。

持续学习的大脑

一名优秀的"六边形助产士"，要有时刻清醒、持续学习的大脑。上面所说的所有技能，都离不开大脑的支配，离不开一次又一次经验的积累。比如沟通能力，可以学习其他人是如何和产妇进行交流，如何进行宣教，逐渐积累下来，融在我们自己的宣教内容之中。

如为催引产的产妇滴注缩宫素，调节缩宫素需要根据宫缩情况来进行，这项技能我学习了很久，经常纠结该如何处理。实践多了，我也慢慢积攒了经验，知道什么时候应该调整宫缩探头，什么时候应该直接调节滴数。于我而言，我害怕未知事件，面对从来没有经历过的事情也会有恐惧感，特别是出现抢救时，我仍会非常紧张，所以还在跟班的我只能尽可能跟带教老师学习各种场景的处理方法，"会"永远是我们最大的底气。

想要成为一名"六边形助产士"，路还很漫长，现在的我可能正在跨门槛，一步一个脚印，不断进行积累。我有信心，我能够做到。

〔知识链接〕

1. 待产区

（1）迎接产妇：介绍环境，询问病史（现病史、既往史、过敏史、婚育史等），予胎心监护、阴道检查，完善各项检查。

（2）监测产程：监测产妇生命体征、疼痛、心理、精神状态等，临产前每4小时、潜伏期每1小时监测胎心及宫缩情况，必要时予阴道检查，指导产妇以非药物镇痛方式缓解疼痛。

（3）促进产程：必要时可使用机械性宫颈扩张、人工破膜等方式，以及前列腺素类或缩宫素等药物促进产程。

2. 产程区

（1）监测生命体征、疼痛、心理、精神、胎心、宫缩、胎头下降速度、胎方位、羊水、阴道流血量等情况，出现异常情况及时处理。

（2）宫口开全时指导产妇用力，适时洗手上台接生。

（3）使用非药物镇痛和药物镇痛缓解疼痛。

（4）产后定时评估产妇宫缩、阴道流血量和膀胱充盈度，让新生儿置于产妇怀中早接触、早吸吮。

教学相长，育人渡己

我是一名在产房工作10余年的助产士，也是一名临床带教老师，肩负着双重责任。

今天，产房迎来了今年第一批实习生。看着她们青春洋溢的脸庞，我不禁想起十几年前的自己也是这般兴奋雀跃、满心期待、紧张不安。

幸运的是，我遇到了一群温暖如光的带教老师。她们美好的形象、暖心的语言、舒服的护患沟通方式、规范的技术操作、严谨的工作态度，深深烙印在我的心中。

转眼间，我也从实习生变成了带教老师。与每一批学生的相处，有欢声笑语，有不断磨合，有反思总结，有辛苦付出，我也收获满满。

小谢

作为实习生，小谢到临床实习的第一个科室就是产房。今天我要教她静脉留置针穿刺术，这是产房常见的一项基础操作项目，但对于实习生来说，技术难度较大，她们面对这项操作的心理压力更大。

我给小谢示范留置针穿刺术后，她很兴奋。因此在让小谢观摩几次操作示范之后，我便用止血带和避光塑料袋模拟血管和皮肤，让小谢在简易模型上进行穿刺操作。

小谢是个胆大心细、思维敏捷的女孩，通过前几次的观摩学习，她基本掌握了操作规范和要点，并能借助简易模型顺利、规范地完成操作流程，操作手法也没有出现原则性问题。我对于小谢的表现和学习态度表示非常肯定。

之后，在我的鼓励和放手不放眼的指导，并且取得了孕妈妈的同意下，小谢成功打上第一个留置针。那时的她，脸上洋溢着阳光般的笑容，还一直不断跟孕妈妈说谢谢。孕妈妈也夸小谢做得不错。

当然，实习的道路并非一帆风顺。在接下来的实习过程中，小谢也遇到过失败和挫折，感到愧疚懊恼。我和她一起对不成功的原因进行了讨论和反思。我鼓励她采用反思日记的形式写下自己的思考，并且查找相关资料，进行经验总结和分析。

她的反思日记写得特别认真和详细，我也对其中的一些细节进行了反思，得以不断成长。小谢的学习态度诚恳、主动，她的努力被组内的每个老师看见，大家也都很照顾她，只要有合适的血管都会指导小谢进行穿刺，一段时间之后，小谢的穿刺技术得到了飞速的提升。

小李

接生技术是每位助产士的"看家本领"，需要花费长时间的培训和练习才能掌握，也是每位实习生产房实习考核的必考项目之一。每位实习生对上台接生都充满了期待，但更多的是敬畏。

小李是一个活泼好动的女生，她理论扎实，动手能力强。在观摩学习第一台接生后，她急切地转向我，眼中闪烁着期待："老师，我可以上台了吗？"我微笑着摇了摇头，耐心地解释道："站在旁观者的角度，接生可能只是掌握分娩机制，但实际上，一台完整的接生过程需要学习和掌握许多辅助的基础和专科操作。因此，你距离真正上台还需要一段时间的学习。但是你很棒！你通过了第一关测试，也是最主要的，那就是站在旁边观摩学习，内心不恐惧、不排斥。"

小李让我想起了自己还是实习生的时候，认为只要学会了接生就能成为真正的助产人。

于是，我从外科洗手、穿脱手术衣和无菌手套等基本操作开始教她，还详细讲解了分娩机制、无菌铺巾等理论知识。在继续观摩了几场分娩后，小李兴冲冲地找到我，手中握着她的随身笔记本，兴奋地说："老师，我把你给我讲解的理论知识与观摩学习的收获相结合，还在网上找了一些视频资料，把整个接生的过程都记录下来了，你帮我看看。"我接过她的笔记本，每字每句都透露着她的认真和严谨。我对她的努力表示了赞扬。

小李的技术和心理状态逐渐成熟。经过评估，我认为她已经具备了尝试上台的条件。因此，我带着小李上台。从铺巾到指导产妇用力，再到断脐、检查软产道、娩出胎盘、娩出胎儿和缝合，每一次参与接生小李都会学习一个新的知识块，她在我的指导下逐步掌握了接生的全过程。

在每一场分娩结束后，小李还会与我进行交流和总结，争取精益求精。渐渐地，她基本可以在放手不放眼的基础上独立完成操作。

小李的进步让我感到非常欣慰。她从一个对接生充满向往的新手，成长为一个能够独立承担接生任务的助产士。她的努力和毅力，将会让她在助产士的道路上越走越远。

小吴

一位孕妈妈在分娩过程中突然发生了产后出血，情况危急，产后出血也是孕妈妈分娩过程中最常见的突发状况之一。小吴紧跟在我的身旁，我迅速做出指示，让她帮忙将孕妈妈的血标本急送出去。在等待结果的过程中，我又让她站在孕妈妈旁边，递水给她喝。孕妈妈的脸色苍白，但看到小吴在她身边守护，她轻声对小吴说了声"谢谢"。

当产妇情况稳定后，小吴坐在一旁，默默地看着我写病历。我问她："面对这种抢救，你害怕吗？"

她微微一愣，然后坦诚地回答道："有一点点紧张，但我更多是觉得帮不上忙，因为我什么都不会，我也不知道我能做什么。"

我看着她，微笑着说："你表现得不错。刚刚你帮忙急送血标本，充当的是我们急救团队中的后勤角色。在抢救过程中，你已经成为我们团队的一员，而且你也完成得很好。后来，你站在孕妈妈旁边，协助她喝水，守护在一边，给予了她心理支持和安全感。她也很感谢你！这就是团队配合和分工合作。"

小吴听后很开心，她主动要求我给她讲解更多的产房急救知识及团队合作分工。而我也欣然答应了她的请求，因为我知道，这个年轻的女孩有着无限的潜力和可能。

每批学生在产房实习结束之前，我们都会进行小讲课、护理查房、病例书写、基础和操作考核、理论考核来检验她们的学习成果。同时我们会通过召开学生座谈会，对理论和操作考核进行反馈，进行师生互动式反馈交流，收集大家对彼此的建议并形成书写总结报告，通过不断改进，达到教学相长的目的。看到她们的成绩和表现，我的内心无比喜悦，因为她们已经明显地成长和蜕变了。

一次成功的带教任务其实就是一次相互成就的过程。在带教工作中，没有最好，只有更好。每位带教老师，请保持你心中的光，因为你不知道，谁会借着你的光走出黑暗；请保持你心中的热情，因为你不知道，谁会借着你的热情走出绝望。

〔知识链接〕

产后出血是指胎儿娩出后24小时内，阴道分娩出血量≥500毫升，或剖宫产分娩出血量≥1 000毫升。

产后出血的预防：

1. 科学备孕

孕前3～6个月开始锻炼身体，增强体质。同时，积极治疗贫血、凝血功能疾病、肝脏疾病等基础疾病。

2. 加强孕期保健

定期产检，保持健康生活方式，平衡膳食，适度增长体重，认真学习相关的保健知识。

3. 促进自然分娩

避免无指征剖宫产手术，增强阴道分娩的信心。产程中鼓励导乐分娩、陪伴分娩、减痛分娩，保证充足的能量摄入和适当休息。听从医护人员指导，配合用力。

4. 重视产后观察

产后2小时是发生产后出血的高危时段，因此产后2小时会在产房进行密切的观察，观察内容主要包括生命体征（呼吸、心率、血压）、子宫收缩、阴道出血量、自觉不适症状等。同时在医护人员的指导下及时排尿和进食。宝宝出生后进行皮肤早接触、早吸吮、早开奶，有利于子宫收缩和减少出血。

5

你好，我是助产士
产后分享

欢笑与泪水，喜悦与恐惧，力量与脆弱，聆听产
妇内心最真实的声音，感受生命的奇迹与美好。

导乐分娩

在疫情常态化防控管理下，我的爱人无法陪伴在身旁，我将独自面对生子的挑战。当我的宫口开到三指后，我果断要求上无痛，并请来了导乐师，这个决定让我之后的生产过程变得无比幸福和顺利。

导乐师细心地为我规划着待产时的每一个细节，如待产时如何活动、饮食和睡眠，我总是会被鼓励和温柔以待。她一次次坚定地告诉我："你真的很棒！""你一定可以的！""你已经做得很好了！""你非常的勇敢！"现在我再回忆起这些片段时仍会热泪盈眶，感慨命运的馈赠。

分娩，作为人类生生不息的基石，在经历了漫长的进化和演变后已具有其自身的规律性。旧时分娩往往在家中由有经验的妇女协助完成，现如今，专业助产士接过了这一神圣的职责。

在我因疼痛而顾不上饮食和休息的时候，助产士像天使一样出现在我身边。她先喂我喝了热粥，然后关灯，让我打开手机，听着熟悉的音乐尝试休息。充足的休息让我心情愉悦，原以为待产只能一直躺着，但其实可以自由选择各种舒适的姿势，躺着、坐着、站着、跪着、趴着和蹲着等都可以。于是，我决定下床活动，伴随着音乐，一起颠瑜伽球、摇晃骨盆、做深蹲，这些活动都促进了产程的进展。

当宫口开到六指后，无痛分娩的镇痛效果开始减弱，每次宫缩时，助产士都会带着我颠瑜伽球以缓解疼痛。宫缩间隙，她会从后面温柔地抱着我，轻抚我的背部，帮我按摩放松。在她的引导下，我闭上眼睛，放松呼吸，想象自己躺在一片鸟语花香的花丛中，感受着那份宁静与和谐。

在进行每一步操作之前，助产士都会询问我的意见，问我想不想、愿不愿意、可不可以。这样的关怀让我感知到我首先是我自己，然后才是一位母亲。这与孕期那种仅仅被视为母亲角色的体验截然不同。尽管产房对我来说是一个陌生的环境，但这种不可控感却因助产士的问候消减了许多。

后来，我遇到了排尿困难的问题，助产士没有丝毫的不耐烦，她带着我在浴室里淋浴，听流水声，尝试各种方式来帮助我。就在我几乎要放弃，考虑选择导尿时，我终于在她的帮助下成功排尿。她始终在细致地观察我的状态，及时给予我鼓励和支持，这给了我很大的分娩信心。

当宫口开全，助产士让我尝试站着用力，她则蹲在地上用镜子观察下面的变化。在助产士的不断鼓励和积极反馈下，我竟然在15分钟内就完成了分娩，顺利地迎来了我的小宝贝。她就那么安静地躺在我的胸前，我感到从未有过的平静和责任，我认真地看着她，那么奇妙，那么不可思议，而我做到了！

我很庆幸自己走进了助产士门诊，在那里我做了充分的知识准备。同时，我也非常感激我请的导乐师，是她在我最脆弱的时候给予了我温暖的关怀。整个医护团队都让我感到无比暖心，他们每一声关切的问候，每一次紧握我的手，那掌心传来的温度，都成为我这次分娩的重要动力。

我曾读过一些关于产后抑郁的文章，了解到经历过分娩的妈妈们会清晰地记得分娩的每一个细节。虽然那些关怀对助产士来说可能只是日常工作的一部分，但这次充满尊严、爱与能量的分娩经历，却足以治愈我许久。至今，我仍清晰地记得产房里那柔和的橙色灯光，你亲切而温和的安慰声，还有在宫缩间歇时，你耐心地喂我喝粥，让我趴在你的肩膀上稍作休息……

谢谢你们，新生命的诞生和传承有你们见证真好。

最接近自然分娩的一次经历

　　写下这篇文章的时候，我的小宝贝已经一岁啦。这是我第二次分娩，与第一次分娩相比，这次的体验尤为不同。我想，这次的分娩经历也许最接近自然分娩。我没有打无痛，而是依靠自身的宫缩阵痛，顺利完成这次分娩。当一阵阵疼痛来袭、持续加深，十级疼痛带来的强烈感受，至今仍记忆犹新。

　　躺上产床之前，我不知道自己何来的勇气，只抱有一个坚定的信念：靠自己完成这次分娩。信念归信念，当阵痛真正来袭时，实践起来却是如此艰难，但我最后还是成功了！在这个过程中，有一个人功不可没，她就是我在广医三院产房的贵人——亲爱的助产士双姐。在产房里，她用丰富的经验和娴熟的技术，给予我无限的帮助和强有力的支持，她的专业素养和温暖关怀让我感受到了前所未有的安心和力量。

在助产士门诊近距离接触助产士

在28周的时候，挂号时我偶然发现了一个新设的门诊科室——助产士门诊。出于好奇，我决定在产检候诊期间一探究竟。也是在那里，我遇见了助产士双姐。

疫情防控期间，所有的助产项目，如瑜伽球、分娩操等都暂停了。而喜欢运动的我，怀孕后只能选择散步作为锻炼方式。于是，在助产士门诊，我专门向双姐请教孕期可以做哪些安全运动。双姐和她的助手立刻给我演示了几个动作，并手把手地教我如何规范完成。她们还推荐我观看孕期运动视频，回家后我每天都坚持练习。也许正是因为孕期保持了规律的运动，我这个高龄产妇的二胎分娩过程还算顺利。

怀孕28周后，我几乎每隔4周就会去一次助产士门诊。助产士姐姐们会根据每个阶段的注意事项，给出非常实用、贴心的建议。怀孕32周时，她们教我每天做凯格尔运动；怀孕36周时，她们又提醒我注意饮食，暂缓进食花胶等滋补食材，保持三餐清淡且有营养。尽管我已经生过一胎，但这些细致的个性化指导对我来说仍是全新的知识，我从中获益良多。

双姐还告诉我，怀孕16周后就可以来助产士门诊寻求帮助了。

截然不同的两次生产经历

回想起我生第一胎的经历，那真是印象深刻。当时我先破水却迟迟没有宫缩，不得不入院靠滴催产素诱发宫缩。那段时间，我只能躺在待产床上，不能下床，吃喝拉撒都在那张床上解决，人生最狼狈的时刻不过如此。滴了一日一夜催产素后，在最需要用力的时刻，我却完全使不上劲，全靠助产士姐姐们的帮助，我才顺利生下了大宝。

但这次生二胎的经历却很不一样。在40^{+2}周的时候，宫缩一阵阵强烈起来。傍晚6点我入院待产，但宫口开启的进程异常缓慢，一直徘徊在2厘米的状态。凌晨2点，我被送进了产房，躺在产床上一直熬到第二天早上8点，宫口才开到5厘米。看着别人生二胎那么轻松，而我苦熬14个小时宫口才开5厘米，心里真是又急又无奈。

就在这时，我的"救星"出现了。助产士双姐刚好上早班，虽然她戴着口罩，但我还是一眼就认出了她。我向她诉苦，都痛这么久了，还没生出来。双姐了解我的情况后，看我状态还不错，便建议我下床走走，并在宫缩时坐瑜伽球来缓解疼痛。

早上9点，我吃完早餐便按照双姐的建议开始下床运动，宫缩疼痛时坐瑜伽球颠簸一下，没想到疼痛真的有所缓解。就这样，我在走动中缓解宫缩痛，又熬过了3个小时。

到了中午12:30，产房医生看我还没破水，就帮我进行了人工破膜。破水后，我在产床上开始经历更大的煎熬，宫缩变得更加频繁和剧烈，每2分钟就来1次，我疼得直冒冷汗。这时双姐又来搭救我，她笑眯眯地站在我身边，和我说话，分散我的注意力。

有几次我疼得都说不上话，只有拼命地抓住她的手，她也用温暖的双手紧紧地回握着我，强大的安全感让我全身充满力量。

宫缩的频率加快到30秒1次，双姐看时机到了，马上着手准备相关接生用品。"今天，我帮你完成分娩再下班。加油！""好，现在开始，当你宫缩来时，你想用力就用尽全力。"我听从双姐的指令，随着宫缩的节奏用尽全力。

"很好！宫缩还没出现时，你稍微休息一下。""使劲——（模拟吹蜡烛式）放松——使劲——（模拟吹蜡烛式）放松。"在这起伏的节奏中，产程慢慢进入高潮。除了双姐全力以赴地帮忙，其他护士姐姐们也在旁边给我递水打气。

"再用力，快要看到宝宝的头啦！"双姐让我再次使劲。这一次，我拼尽全身力气往下用力。随着一股暖流流出，小宝宝"嗖"一下就溜出来了。

我终于成功啦！

随后，护士姐姐帮小宝宝做各种身体检查，双姐则立刻开始为我缝针，她娴熟地处理着一切，笑着说道："会阴撕裂Ⅰ度，无须会阴切开，产时出血才100毫升。你身体状态好，又肯听从指令，这次分娩很顺利，可以说是教科书式的分娩了。"

现在回想起那时的感受，我仍然感觉非常温暖和感恩。双姐和整个医护团队不仅给予了我身体上的照顾，更在心灵上给予了我莫大的支持和安慰。

助产士门诊，你值得拥有

在广东有句俗语："女人生小孩犹如跟阎罗王隔一层纸。"意思是女性的生育过程充满了危险。如今，女性可能在一生中会经历两三次分娩，而每一次的分娩过程都充满了不确定性，可能会出现各种意想不到的状况。

与第一胎时的懵懂不同，当我怀上第二胎时，我决定更加主动地面对这个过程。这次我选择了有备而战，阅读了大量的书籍，观看了许多视频，为自己做好了充分的知识储备。

回想起这次经历，我真心觉得专业助产士的指导和帮助是不可或缺的。因此，我想对所有准妈妈说一句：如果有机会，不妨在产前16周，就到助产士门诊寻求帮助，接受资深、专业的助产士姐姐的指导和帮助。在她们专业、充满爱心的帮助和引领下，你也有可能像我一样，将分娩变成一次痛并快乐着的经历。

家属陪伴分娩

今天是预产期。早上6点，我就被宫缩的疼痛唤醒，发现已经见红了。因为是第一次怀孕，我格外小心，第一时间赶去了医院。急诊医生检查后表示，宫颈还很长，做了胎心监护后，她建议我吃完早餐后散散步，稍后再来观察。

然而到了10点，疼痛让我无法忍受，我返回产科急诊并办理了入院手续，开始了漫长的生子之路。到了下午2点，我破水了，宫口开了一指，我哭喊着求医生给我打无痛，才知道原来痛到极致的时候，人的哭声会发抖，所有的尊严都不那么重要。

在等待打无痛的这段时间里，好在助产士及时过来指导我如何呼吸，陪我聊天，安慰我。她还扶我下床，坐在瑜伽球上，这让我感觉到会阴部仿佛被按摩着，舒服了许多。坐了半个小时分娩球，宫口终于开到了三指，我得以打上无痛。当助产士问是否需要陪产和导乐时，我毫不犹豫地选择了"是"。

我一直觉得分娩这件事情，孩子的爸爸一定要参与进来，这是我们三个人共同编织的珍贵记忆。在这段旅程中，我不是一个人孤军奋战，你看到我的不容易，我懂你的体贴和心疼。在你眼里那个小鸟依人、弱不禁风的小女子，却在宫缩疼痛时，紧紧握住你的手臂，甚至留下了乌青的印记。如果没有你始终紧握我的手，陪伴在我身边，我真的不知道自己是否能够坚持到最后。在这疼痛中，我感受到的并非伤害和恐惧，而是对新生命的美好期待与向往。

即使我竭尽全力，但只要你坐在我身旁，我的心便感到莫名的安宁。我才发现，原来你已在不知不觉中成为我生命里重要的力量来源，足以支撑我走过生命里的艰难时刻。

生孩子真的需要坚定的信念，这是精神和体力的双重考验，是生理和心理的高峰体验。我自豪地认为，这是我人生中做过最伟大的一件事情，难以忘怀。我真的是一个很坚强、很勇敢、很厉害的妈妈。在那一刻，我迸发出了前所未有的能量，我才意识到自己远比想象中的自我来得强大。

导乐的作用大于无痛。没有无痛的保护时，是温柔的助产士一直陪伴在我身边。她陪我聊天，不断给我传递积极、正向的力量，给了我坚持下来的勇气。每当我心中有疑问，总能及时得到她专业的解答，让我感到无比放心和安心。当我有打退堂鼓的念头，她一边肯定我的痛苦，同时还引导我正确地面对，产程中出现的问题也能被及时发现和解决。我的胎位不正，就是在她的巧手和指导下得以纠正，让我少受了许多苦。

打了无痛后，她又教我用呼吸缓解阵痛，伴随着舒缓的音乐，我迷迷糊糊地睡了1个小时。这对于已经两三天没怎么休息的我来说太重要了，之前的疼痛让我意识模糊，这时候好像才清醒过来，休息好了，后面生的时候才有体力。

躺在床上等待宫口开大的过程十分煎熬，好在导乐的助产士带着我下床活动，听我喜欢的音乐，趴在我老公的肩膀上摇摆骨盆，仿佛回到谈恋爱和他跳华尔兹的时刻，那是多么的美好甜蜜，使得宫缩的痛好像也没有那么厉害了。

很快宫口开到了7厘米，但此时她们却发现胎位不对，我害怕极了，但助产士却坚定地告诉我："不怕的，我们下来活动活动，胎方位应该就会转到正常的位置。"她们的话如同一阵清风，吹散了笼罩在我心头的焦虑。果然，活动的效果很好，1个小时后，胎位转正了，宫口也开全了。

第一次生孩子，我的脑海里止不住地出现各种不好的想法。我用力了1个小时，产程的进展却不尽如人意。我害怕得眼泪止不住地流，医生告诉我不要哭，哭了就没力气，老公也在旁边鼓励我、安抚我，缓解我的紧张。此刻，我脑子里就只有一个声音：我辛苦坚持了这么久，我一定要把他生出来。

突然，一名医生急匆匆地从外面跑进来说："孩子的胎心很不好，实在不行就钳产（行产钳分娩术）吧，上台叫儿科！"空气在那一刻凝固，我的老公迅速冷静下来，向医生请求："可不可以再给我们两次用力的机会，如果不行，我们再签字同意钳产。"他也在旁边鼓励我："我们再和宝宝一起努力两次，努力过就不会有遗憾。"

或许是受到了惊吓，又或许是被老公的鼓励所感染，我这两次拼尽全力，然而，生下来的那一刻，我并没有听到宝宝的哭声。很多医护人员围着他，我像个做错事的孩子，胆怯得不敢说话，很内疚地望着老公。

直到医生把宝宝打哭出来，我才号啕大哭，跟着宝宝的哭声一起释放了所有的情绪。原来，把一个生命带到这个世界是一件多么不容易的事情，是一个如此神奇的过程。

助产士门诊可以学习到什么

当我第一次去医院做产检的时候，就注意到了助产士门诊，它门口的宣传语"快乐妊娠、安全分娩"深深吸引了我。记得我第一次怀孕9周的时候发生了稽留流产，不得不做了清宫手术。这一次怀孕，25周时又因疑似破膜被推入产房观察，好在后来并无大碍。36周之前我总是有不规则宫缩。从害怕流产到担心早产，可以说我整个孕期都惴惴不安。

这种压力和担忧在我来到助产士门诊后得到了一定缓解。在怀孕28周的时候，我第一次踏进了助产士门诊进行学习，了解了一系列许多孕妈妈关心的问题，比如什么是导乐分娩，有什么作用，无痛分娩什么时候可以进行，以及如何准备待产包等实用知识。

在孕32周的时候，我在助产士门诊进行了第二次学习。这次，我学习了在孕期如何吃东西。助产士们详细指导了孕妈妈每日三餐应该如何合理搭配食物，吃什么、吃多少，以及如何控制孕期体重的增加，这对于我的顺利分娩和宝宝的健康发育至关重要。

第三次学习是在孕36周，这次，我了解到孕期如何做运动，这些运动不仅有助于宝宝的入盆，还能缓解孕期的不适。除了常见的散步和爬楼梯，还有更多适合孕妈妈的运动方式。

第四次学习是在孕37周，这次学习的重点是如何呼吸。虽然网上有很多关于拉玛泽呼吸法的介绍，但我总觉得有些复杂。双姐教给我们的是一种简单而实用的呼吸方式——"闻花香、吹蜡烛"。这种方法更容易理解，不用担心在宫缩疼痛时什么都忘记了。

在孕38周的时候我进行了第五次学习。这次，我学习了如何正确地抱新生儿、如何进行母乳喂养，要多给宝宝吸吮，不要让宝宝搞错了母亲的乳晕、乳头和喂养勺、奶嘴。

整个孕期，我总共去了7次助产士门诊，每次都让我收获颇丰。它不仅降低了我对分娩的恐惧，也满足了我对产房的好奇心。在这里，除了产科主任团队的保驾护航，还有助产士们的暖心鼓励，让我备感安心。

每次去看助产士门诊，助产士都会贴心地告诉我下次什么时候再来。回家后如果想到什么问题，不仅可以在下次门诊时咨询，还可以在每周四的线上会议中提问。为了更好地帮助我，助产士还加了我的联系方式，给我分享一些特定的音乐和引导词，为我做正向的引导。

在孕晚期，我有时会担心一些B超和检验数据，心情莫名低落、焦虑和不开心。这个时候我就会选择去助产士门诊，在那里，总能得到及时的解答和宽慰，我的心情会重新变得开朗，对顺产也更有信心。回家后，我常常与家人分享这份美好的心情，让他们也感受到我的喜悦和期待。

以前对助产士有所误解，认为她们很凶，但亲身体验后，我的看法彻底改变。虽然孕期经历了许多辛苦，但每当想到即将见到自己的宝宝，心中便涌起无尽的甜蜜与幸福。在此，我要特别感谢双姐，她的支持和鼓励是我孕期最宝贵的礼物。

终于，在2021年12月21日冬至的凌晨，我开始了不规则的宫缩，2:30开始规律宫缩。当我早上6:30到达急诊室时，宫口已经开了4厘米。当我办完手续被送入产房时，宫口已开至6厘米。

每当阵痛来临，我便想起双姐的话："宫缩是来帮助我们的，不要和宫缩对抗，我们要感恩宫缩！"从凌晨在家里开始阵痛到早上来急诊，我都默念着这句话，积极面对每一次宫缩。

我告诉自己："前面已经这么快了，产程已经进行了大半，我一定要坚持！别人可以，我也一定能够做到！我要做一个坚强的妈妈！"

从宫缩5~6分钟1次到宝宝出生，我只用了8个多小时，产程比预期快很多，顺利很多！

上午10:12，我顺产了一个7.2斤（3.6千克）的男宝宝。尽管我没有选择无痛分娩，但是在导乐师的指导、鼓励和帮助，以及老公的陪伴下，整个产程我都感到非常安心。在用力的过程中，我告诉自己："我已经在最好的医院里，最专业的人已经在帮我了，老公也在身边，我一定要好好努力！做一个坚强的妈妈！"

分娩的那天，虽然双姐休息，但她中途还是给我的老公打了两次语音电话，发送了鼓励的信息。

现在，我已经是一位幸福的母亲。回顾整个孕期和分娩过程，我深感助产士门诊的重要性。因此，我想告诉所有的孕妈妈们：如果你们还在对分娩感到恐惧和好奇，不妨提前去助产士门诊了解分娩知识。相信我，这将会让你们收获一次美好的分娩体验！祝愿每一位孕妈妈都能分娩顺利、母婴平安！

实现顺产梦

在我怀孕的第32周，我认识了双姐。那些年，我为了治疗不孕，四处求医，中药、西药都尝试过，甚至身体受到了不小的损害，因此，我一直担心自己是否可以顺产。带着试试看的念头，我走进了助产士门诊。

那是一个星期天，我在产房里初次遇见了双姐，她刚接生完一个宝宝。尽管那天有3位孕妇挂号，但她还是耐心地引领我们前往门诊。她认真地查阅了我们的B超报告，了解了血糖等情况，以此来判断我们是否可以顺产。随后，她开始向我们普及顺产的知识，叮嘱我们需要注意的事项。

我的家人远在东莞，不能陪在我身边，但双姐的关怀，让我感到了一种特别的温暖。她给我的第一印象是如此的亲切、友好、热情且富有耐心。在她的鼓励下，我和老公一起参加了周末的音乐课。课程结束后，双姐微笑着为我们颁发了毕业证书。

正是她所教授的那门课程，给了我丰富的顺产知识和满满的信心。我认真地记下了双姐的许多宝贵建议，这些话语在后来的产程中给了我巨大的帮助。

3周后，我成功地完成了顺产，而且没有使用无痛分娩。产程中那些刻骨铭心的阵痛，我都是靠着"双姐语录"度过的，它们给了我坚定的信心，让我坚持下去。

生产的时候一痛起来，大脑一片空白，连深呼吸这样简单的动作也会忘记。因此，如果有家人陪产，或者请了导乐师，让他们在你宫缩时提醒你一些简单的词汇要点，这会非常有帮助。我在宫口开到1～3厘米时都是用音乐课的"闻花香"来攻克每一次宫缩。在那一刻，只想成功，不去想太多。并且在疼痛时，你可能无法进食那些需要嚼碎的食物，让家人为你准备一些容易喝的粥，这样会更合适。

产后，双姐还特意到产后区探望我。生产结束后，我感觉心头的重担轻了许多，竹筒倒豆子一般向她倾诉了很多。她一直拉着我的手，笑意盈盈地看着我。谢谢双姐在我人生刻骨铭心的时刻给我温暖，给我每一个鼓励！尽管我只是她众多患者中的一个，但我感恩能遇到这么好的助产士，让我勇敢地度过了人生中最艰难的十几个小时。这些力量和信心都是她给我的，让我相信自己可以做到！

现在，我想把"双姐语录"分享给大家，希望每一个希望顺产的准妈妈都能如愿以偿。

（1）产程中要多活动，产程才会快。

（2）不要怕痛，越痛越要感恩宫缩的到来，越痛越快生。

（3）想一些好的，不要想负面的，相信自己肯定是可以的！想想生完后，怎么欢呼。

（4）要忍着！要坚定信念！任何时候要想生得快，就得多运动，不能打完无痛之后就一直睡觉躺着。

（5）在产程中，坐着比躺着好。

（6）沉醉在音乐中，分散注意力。

（7）不要说自己不行，不要消极，每痛一次，就更快一步见到宝宝。

（8）一定要多下床活动，加快产程。宫口开至6厘米前坐球，摇骨盆；6厘米后不坐球。

（9）弓箭步、曼舞，可纠正胎位。当然，无论胎位如何，都要多下地活动。

（10）内检不需要太频繁。

（11）坚定顺产的信念，信心很重要。要做的是战胜每一次宫缩，不要老是等宫口开3厘米的时候打无痛，这样会感觉时间过得很慢（第一胎5～6分钟痛1次，宫颈管先消退，接着再开宫口。宫口开至1～3厘米大约需要8个小时）。

（12）第一产程：不痛时喝瘦肉水，每2个小时喝1次粥，每小便1次喝1次水。产程中一定要吃东西，不是因为怕饿，而是储备能量，半夜宫缩的时候也要每2小时喝1次粥，另外一定要睡好。

（13）宫口开全，没有便意感时，先不用力，有强烈便意感才用力，力要用在最关键的时刻。

（14）正常生产完还会感到宫缩痛，那是子宫在收缩。产后要尽快小便，4~6小时内及时排尿，不然会影响宫缩，导致产后出血。

- 广州市教学成果培育项目（2023128541）
- 广州市教育科学规划2025年度课题黄大年式教师团队在"三方五环"助产人才培养模式中的践行（2024111263）
- 广州市劳模和工匠人才创新工作室（产科出血专科工作室）工作成果
- 广州医科大学校级教学质量与教学改革工程立项项目（广医大发[2021]160号）成果